谷崎潤一郎

文章読本

［日］谷崎润一郎

文章读本

著　赖明珠　译

上海译文出版社

目　录

五、品格，六、含蓄

觉性要素来处理文字的方法——从视觉效果看鸥外文字用法——从用字看鸥外和漱石——样式指南——印刷字体的大小——印刷字体的形态——标点符号难以合理处理——问号和感叹号——引号

品格是文章的礼仪：一、慎戒饶舌；二、用语不落粗俗；三、不疏忽敬语尊称——创作有品格的文章，精神修养第一——体会优雅的心——优雅是什么——日语的一个特色——日语敬语多得惊人——没有比日本人更重视礼节的国民，没有比日语更重视礼节的语言——不要说得太清楚——意思的衔接要留空隙——我们认为把活生生的现实照原样说出来有欠高雅——言语和事实之间隔一层薄纸为宜——现代的所谓口语文比实际的口语更接近西洋语——要理解文章的间隙，宜参考从前的书简文——文章的"洞穴"——现代文章的写法，对读者过分便利——语言应该使用有礼而正式的形式——粗鲁的发音不宜原样转为文字——东京人的言语特色——小说家在描写会话时的心态——动词助动词用敬语，给予文章结构上的方便——敬语不仅有补足礼仪的效用——动词助动词敬语是组成美丽日文的要素之一——敬语是日语的利器——女子的文章不妨多用敬语——讲义体不适合使用敬语

何谓含蓄——本书始终一贯在讲含蓄这一件事——里见弴氏写法的特色——一流演员不会采取过度夸张的表演——慎用形容词和副词，勿流于浮滥——恶文实例——比喻——技巧的实例——爱惜用语——《刈芦》的一节——总之不要急慢感觉的磨练

一　何谓文章

语言和文章

　　人们把心中所想的事情传达、告知他人时，有各种方法。例如要诉说悲哀时，以悲伤的脸色来传达。想吃东西时，用手做出吃的样子给对方看也能让人了解。此外，还可以用哭、呻吟、喊叫、瞪眼、叹气、挥拳等手段，尤其要一口气立即表达急切、激烈的感情时，采用这种原始方法有时候更适合。不过要清楚地传达稍微精细一点的思想时，除了依靠语言，没有其他办法。没有语言的话到底有多不方便呢，只要去语言不通的外国旅行试试就知道了。

　　语言不只在与他人交流的时候，在自己一个人想事情的时候也很必要。我们在脑子里自言自语地说"这个要这样"或"那个要那样"，一面说给自己听一面想。否则，会不清楚自己在想什么，没办法理出头绪。各位在思考算术和几何问题时，也一定会在脑子里使用语言。我们在孤独时也习惯自己对自己说话以转换心情。就算不勉强去想事情，一个人孤零零的时候，内在的另一个自己也会忽然向你耳语起来。此外，在对别人说以前，也可能先把自己想说的话在心里试说一遍，然后才说出口。平常我们在说英语时，脑中首先浮现的是日语，然后在脑子里翻译成英语再说出来。其实我们用母语表达的时候，要述说复杂的事情，也常常感觉需要这样做。由此可见，*语言不但是传达思想的机器，同时也赋予思想一定的形态，并加以整理就绪，这便是语言的作用*。

因此，语言是非常方便的，但如果以为人心中所想的事情全都可以用语言表达，没有无法用语言表白的思想和感情，那就错了。就像刚才说过的，哭泣、笑、喊叫，有时更吻合当时的心情。默默饮泣比说个没完费尽口舌更能传达感慨万千的感动。再举个更简单的例子，如果要让一个从来没吃过鲷鱼的人明白鲷鱼的滋味，各位会选择什么样的语言？或许不管用什么语言都没办法说明吧。就像这样，连一种东西的滋味都无法传达，所以所谓语言还真是不自由。不但如此，虽说语言具有整理思想的作用，却也有容易把思想纳入定式的缺点。例如看到红花时，是不是每个人对那颜色的感受都相同，这点也有疑问。眼睛感觉敏锐的人，能从中发现常人没注意到的复杂的美也未可知。那个人眼中所感受到的颜色，可能和一般所谓"红色"并不相同。可是这种情况下要用语言表现出来，总之是"红色"最为接近，于是还是说了"红色"。换句话说，因为有"红色"这样的语言，那个人才以此传达了不同于真正感觉的东西。如果没有语言就只是无法传达，有了语言却也有坏处。这在往后还有机会详细说明，现在不再多说。不过我要重复表明，语言并不是万能的东西，它的作用并不自由，有时甚至有害，请不要忘记。

其次，语言不用口头说，而以文字表达来代替，就成为文章。以少数人为对象时口头就够用，以多数人为对象时，要一一去说很麻烦。而且，以口头说的语言只在当场听见就立即消失，无法长久传达。这时候把语言化为文章形式，可以让众人阅读，并且产生流传后世的效果。因此语言和文章本是同样的东西，"语言"中包含了"文章"。严格说来，或许不妨用"以口头说的语言"和"以文章写的语言"来区别。但同样是语言，既然已经用文字写出来了，自然就会和口头说出来的不同。小说家佐藤春夫主张"文章要依口头说的那样写"，但就算依说话方式写出来的东西，用眼睛读文字和直接听人说的感觉还是不同。口头说的时候，那个人的声音、话语和话语之间的停顿、眼神、表情、身体动作、手势等都能感受得到，文章却没有这些要素，不过相对地，可以借文字的用法和其他很多方式来弥补，这是文章的长处。此外，口头表达主要着眼于当场感动对方，文章则要尽量写得让那感动能被长久记忆。因此，以口头说的技巧和以文章记录的技巧分别属于不同的才能，很会说话的人并不一定就擅长写文章。

实用性文章和艺术性文章

我认为文章没有实用性和艺术性的区别。文章最重要的是什么呢？把我们心中所想的事、自己想说的话，尽量照原样清楚地传达出来，不管写信或写小说，除此之外并没有其他写法。从前有"去华求实"是文章本旨的说法，这是什么意思呢？是说去除多余的装饰，只把必要的话写出来。这样看来，最实用的，才是最杰出的文章。

明治时代流行过一种远离实用性、被称为美文体的文体，大家竞相写出一连串困难的汉语，使用语调好听、字面漂亮的文字，以描绘风景、陈述感情。这里有这样一篇文章，请读读看。

自南朝年号延元①三年八月九日起，吉野之主上不豫，逐渐沉重。医王善逝②之誓约，祈福皆不应验，耆婆③扁鹊之灵药，施之亦不灵验。（中略）左手持法华经第五卷，右手按剑，八月十六日丑时，终于驾崩。悲哉，北辰位高，百官虽如星辰罗列，然九泉之路能陪伴同行之臣竟无一人。奈何，南山偏僻之地，虽万卒云集，无常之敌来时，却无可御之兵。唯如覆船于中流，任一壶④之漂于巨浪，暗夜灯灭如向五更之雨。（中略）土坟数尺之草，一径泪尽愁未尽。旧臣后妃涕泣瞻望鼎湖⑤之云，恨添天边之月，夙夜霸陵⑥之风，慕别梦里之花，呜呼哀哉。

　　南朝の年号延元三年八月九日より、吉野の主上御不予の御事ありけるが、次第に重らせ給ふ。医王善逝の誓約も、祈るに其の験なく、耆婆扁鵲（き ば へんじゃく）が霊薬も、施すに其験おはしまさず。（中略）左の御手に法華経の五の巻を持せ給ひ、右の御手には御剣（ぎよけん）を按じて、八月十六日の丑の剋に、遂に崩御なりにけり。悲い哉、北辰位高くして、百官星の如くに列ると雖、九泉の旅の路には供奉仕る臣（ぐ ぶ）一人もなし。奈何せん、南山の地僻にして、万卒雲の如くに集ると雖、無常の敵の来るをば禦止むる（ふせぎとどむる）兵更になし。唯

---

① 延元（1336—1340），日本南北朝时代的南朝后醍醐、后村上天皇朝的年号。
② 医王善逝，即药师如来。善逝为佛的十号之一。
③ 耆婆，印度古代名医。
④ 一壶，一瓢。漂流中船翻覆，以一瓢代气囊浮袋紧抓不放。
⑤ 鼎湖，黄帝乘龙升天时，众臣于鼎湖（河南省）含悲仰望云天，见《史记·封禅书》。
⑥ 霸陵，汉文帝之陵，位于今陕西西安东郊。

中流に船を 覆 して一壺の浪に漂ひ、暗夜に燈消え
て五更の雨に向ふが如し。（中略）土墳数尺の草、一
径涙尽きて 愁 未尽きず。舊臣后妃泣く泣く鼎湖の
雲を瞻望して、恨を天辺の月にそへ、 覇陵の風に夙
夜して、別を夢裏の花に慕ふ。哀なりし御事
なり。①

　　这是《太平记》②中描述后醍醐天皇驾崩的一节文章，在
写这篇文章的南北朝时代应该算是一段名文，其中有种种复杂
汉语，想必读者会有这样的实感。尤其是为了描述帝王的驾
崩，串联庄严的文字，使场面合乎礼仪。我小时候，听说《太
平记》的这一段非常有名，尤其"土坟数尺之草，一径泪尽愁
未尽。旧臣后妃涕泣瞻望鼎湖之云"，曾经熟读到现在还背得
出来的地步。明治时代所谓的美文就是从这种文体一脉相传下
来的，学习这种迂回转折。当时我的小学作文，就曾经苦心搜
索和收集这种汉语，加以练习，像天长节（天皇诞辰）的祝
辞、毕业典礼的答辞、《观樱记》等文章，都是以这种文体撰
写的。从前不知道怎么样，但对现代人来说，未免装饰过度，
不方便表现自己的思想和感情。因此后来我逐渐少用这种文
体，所谓不实用的文章，除了这种东西，想不到还有什么。

---

① 本书中部分引文，附日文原文于译文之后，以便读者参照。
② 《太平记》，日本古典文学之一。传说为小岛法师作，但不详。记载 1318 年至
　　1367 年，后醍醐天皇至后村上天皇近五十年间的动乱，以和汉混交文体记述。

在这里先声明，文章分为两种，可以区别为韵文和散文。韵文是什么呢？就是指诗歌，不只把自己心中的东西传达给别人，也要将咏叹的感情作成可以吟唱的文字；为了容易唱而把字数和音韵定下来，根据这规则来填写，虽然是文章的一种，却和普通文章目的多少有别，得到了充分发展，成就非凡。如果说有既不实用又具艺术性的文章，韵文应该符合，不过我在本书中想谈的是非韵文，即散文。请注意。

那么，只针对非韵文来说，就没有实用性和艺术性之分了。以艺术为目的创作的文章，也以实用的写法来写效果会比较好。从前有一段时间，推崇不照口头说话方式书写，而以和口语不同的方法来写文章，对于所用的语言，也认为用民间俗语有失礼节，因而远离实际情形刻意加以修饰。那样的美文也曾经发挥过作用，不过现在已经不是这样的时代了。现代人不管排出多么美丽的词句、音调多么温润的文字，如果不能伴随实际理解，就不会有美感。虽然并不是完全不重视礼仪，但就算听到高尚优美的文句，也不会当成礼仪来接受了。第一，我们心的动向、生活的状态、外界事物，与以前相比都变了许多，内容也更丰富、更精密，因此就算猛查字典找出前人所用过的古老语言来用，也不符合现代思想、感情和社会上发生的事情。因此，要把实际的事情写得让人能够理解，就要尽量使用接近口语的文体，有时也不妨使用俗语、新词，甚至不得不用外语或其他语言。换句话说，韵文和美文中，除了让读者明白之外，悦目和悦耳也同样是必要条件，但现代的口语文却把重点完全放在"使人明白""使人理解"上面。如果也能具备其他两个条件是再好不过，只是顾不到那么多。事实上现代社会已经变得如此复杂，光是写得让人明白这一件事，文章的任务已经够多了。

以文章来表现的艺术是小说，但所谓艺术却不是离开生活还能存在的东西，在某种意义上正因与生活密不可分，用在小说上的文章更必须是最符合实际的。如果各位感觉到小说还有什么特别说法或写法的话，请试着读读任何一本现代小说，您立刻就能明白，小说所用的文章中，没有所谓实用上无用的文章；在实用中用到的文章，没有在小说中不能用的东西。接下来，我想引用志贺直哉①的《在城崎》的一节，当作小说文章的例子。

　　我的房间在二楼，没有邻居，是一间相当安静的和室。书读累了，我常常走出檐廊坐在椅子上。旁边是玄关的屋顶，和房子衔接的地方有一片平板。平板下面好像有一个蜂巢，只要是好天气，巨大肥胖的虎斑蜜蜂从清晨到黄昏都在忙着劳动。蜜蜂从平板的缝隙间挤出来后，总之一定会钻到玄关屋顶下去。有些在此处用前脚后脚仔细检查过翅膀触角之后会稍微绕

---

① 志贺直哉（1883—1971），宫城县人。东京帝国大学英文科中途退学。与武者小路实笃等创办《白桦》杂志，是"白桦派"代表作家之一。代表作有《暗夜行路》《和解》等。

着走一走，大多直接把细长的羽翼往两边奋力张开便
嗡地飞起来。之后忽然加快速度飞走。庭园中八角金
盘树的花正好盛开，蜜蜂就群聚在花上。我无聊的时
候常常从栏杆眺望蜜蜂的出入。

有一天早晨，我看到一只蜜蜂死在玄关的屋顶上。
脚缩进肚子下面，触角松开垂在脸上。其他蜜蜂都非
常冷淡。忙着从巢里进进出出，爬过那只的旁边，也
完全不在乎的样子。那些忙碌的蜜蜂让人感到如何活
着的生机。而旁边的那一只从早晨中午到黄昏，每次
看去都完全不动地垂头伏在同一个地方，又让人感受
到真切的死亡。那有三天一直保持那个样子。看着那
个时给人一种非常静的感觉。好寂寞。其他蜜蜂全都
进了巢之后的黄昏，看见冷冷的屋瓦上留下一只死
骸，好寂寞。然而实在非常静。

自分の部屋は二階で隣のない割に静かな座敷だ
った。読み書きに疲れるとよく縁の椅子に出た。脇
が玄関の屋根で、それが家へ接続する所が羽目にな
っている。其羽目の中に蜂の巣があるらしい、虎斑
の大きな肥つた蜂が天気さへよければ朝から暮近く
まで毎日忙しそうに働いていた。蜂は羽目のあはい
から摩抜けて出ると一ト先づ玄関の屋根に下りた。
其処で羽根や触角を前足や後足で丁寧に調べると少

11

し歩きまはる奴もあるが、直ぐ細長い羽根を両方へ
シッカリと張つてぶーんと飛び立つ。飛び立つと急
に早くなつて飛んで行く。植え込みの八つ手の花が
丁度満開で蜂はそれに群つていた。自分は退屈する
とよく欄干から蜂の出入りを眺めていた。

　或朝の事、自分は一匹の蜂が玄関の屋根で死ん
で居るのを見つけた。足は腹の下にちじこまつて、
触角はダラシなく顔へ垂れ下がつて了つた。他の蜂
は一向冷淡だつた。巣の出入りに忙しくその脇を這
いまはるが全く拘泥する様子はなかつた。忙しく立
働いている蜂は如何にも生きている物という感じを
与えた。その脇の一匹、朝も昼も夕も見る度に一つ
所に全く動かずに俯向きに転がつているのを見る
と、それが又如何にも死んだものといふ感じを与へ
るのだ。それは三日程其の儘になつていた。それば
見ていて如何にも静かな感じを与へた。淋しかっ
た。他の蜂が皆巣に入つて仕舞つた日暮、冷たい瓦
の上に一つ残つた死骸を見る事は淋しかつた。然し
それは如何にも静かだつた。

　已故的芥川龙之介曾经提出这篇《在城崎》是志贺直哉作
品中最杰出的一篇，这种文章可以说不是实用性的吗？这篇文
章描写的是一个来温泉疗养的人，从二楼看到蜜蜂的死骸的心

情，还有那死骸的样子，用简单的语言清楚地表现出来。然而，像这样用简单语言明了地描述事物的手法，在实用性文章中也同样重要。这篇文章中并没有使用任何困难的语言或拐弯抹角的说法，用的是和我们平常写日记、写信时同样的句子，同样的说法。就算如此，作者却描写得真是细微深入。读到我加上点的部分时，就知道他真的仔细观察过一只蜜蜂的动作，并依自己所看到的样子描写。这么说来他在这里所写的虽然是蜜蜂的动作，但能这么清楚地传达给读者，是因为尽量切除了多余的地方，省略了不必要的语言。例如结尾说"看着那个时给人一种非常静的感觉"，接着忽然放进"好寂寞"，但并没有放进像"我"这样的主语，只提"好寂寞"而已，效果却非常好。此外接着写到"其他蜜蜂全都进了巢之后的黄昏，看见冷冷的屋瓦上留下一只死骸……"，通常别人可能会写成"黄昏时，其他蜜蜂都进了巢之后，只有那一只死骸还留在冷冷的屋瓦上，看了……"，他却缩减得这么短，希望这样的缩减能给人更清楚的印象。所谓"去华求实"就是指这样的写法，因为简化而得到要点，所以没有比这更实用的文章了。那么，所谓最实用地写，其实就是最需要艺术性技巧的地方，因此并不是那么容易的。

只是，看到志贺的文章中，"好寂寞"重复出现两次，"非常静"的形容也重复出现两次，为了凸显安静和寂寞，这重复是有效手段，绝对不是多余的浪费。理由将在下一段说明。这种技巧可以说正是艺术性的，不过并没有和实用的目的背道而

13

驰。实用文中，能有这样的技巧是最好不过的。

虽然口口声声说实用实用，不过今天的实用文，包括广告、宣传、通讯、报道和其他种种小册子等，应用范围非常广，这些多少都需要有艺术性，就用途来说，也越来越难以区分艺术和实用。现在连法院的调查文书等，本该是和艺术关系最远的记录，却对犯罪状况和时间地点都费相当的笔墨精密描写，甚至连被告和原告的心理状态都深入描述，有时比小说更令人感动。那么，写文章的才能，在今后任何职业应该都需要，为了能让人充分体会，我想还是事先把这些说个清楚比较好。

现代文和古典文

在前文中，我说过口语体文章是最适合今天的时代趋势的，您也许要问，那么文章体文章就完全没有参考价值了吗？并不是这样。因为口语体和文章体都是从我们所说的语言发展出来的，根本上是一样的，精神上也是一样的。也就是说，口语体写得高明的秘诀，和文章体写得高明的秘诀没有两样。忽视文章体精神的口语体，绝对不能算是名文。因此，我们无论如何还是有必要研究文章体。

古典文学的文章，全部是以所谓文章体写的，不过大体可以分成和文调与汉文调。所谓和文调，其实就是古时候的口语体，像《土佐日记》和《源氏物语》那样，在当时是依照口头说的写下来的，换句话说是当时的"言文一致体"，也就是当时的"白话文体"，然而因为后来的口语逐渐变化，所以那样的说法才成为一种文章体，只在文字上留下来。所谓汉文调，是从《保元物语》和《平治物语》等军记物语开始使用的文体，在原来的和文中加入汉语，又在读汉文时混合使用日本式的特别读法，成为所谓的和汉混交文。这两种文体中，和文调已经完全废除了，明治时代以前这被称为拟古文，在作文时虽然常常会练习，但因为没有应用机会，现在已经没人学了。相对地，汉文调还多少在使用。虽然这个例子有点冒犯，不过各位所熟知的《教育敕语》，可以说是杰出的和汉混交文的范本。其他各种场合所下达的诏敕文体，总体上是杰出的汉文调，至于民间的祝词、典礼式辞、吊辞等正式仪式中所用的文章，也以汉文调来写。不过这些比起以前已经少多了，最近列席告别式时听到口语体的吊辞已经不稀奇，所以将来汉文调显然也会逐渐被废除。

我刚才说过，因为现代社会太复杂了，像从前文章体那样简略的措辞终究不够用。要让现代人"了解"，一定要用口语体才行。而且现在的口语体，也不能像以前那样一味重视字面和音调的美，光要想办法写得让人"明白""理解"已经费尽力气了。没错，确实如此。不过在这里，我想唤起各位注意的是，"让人明白"也是有限度的。

我在本书的最初已经预先声明过，语言不是万能的东西，它的作用相当不自由，有时甚至有害。不过现代人却经常忘记这件事，而且容易以为只要用口语体文章来写，什么事情都可以写得让人明白。但这样想就大大错了，希望各位能经常牢记在心。从明治末期创造了所谓口语体这样方便的文体以来，不再被用语和文字的语尾所束缚，任何事情都可以依照口头说的那样写下来，因此任何微妙的事情只要使用丰富的语汇就没有什么是无法表达，最近很多人有这种先入为主的谬误想法，导致滥用许多语言。因此，明治以来语言的增殖情形非常严重，出现了前人想象不到的各种名词和形容词，产生了从外语翻译过来的各种学术用语和技术用语，今天依然不断地在创造各种新词。人们争相驱使这许多词汇，述说任何事情都想巨细靡遗地表现得淋漓尽致，因此，文章自然变得冗长起来，用文章体只要一两行就能写完的事，却要花五六行来写。既然花费了这么多语言，不懂的地方一定可以让对方看懂了吧？其实未必如此。就算作者本人认为"痒"的地方在手能够得到的范围内已经来回周到地抓到了说尽了，但读者只感到啰唆冗长，往往无法掌握对方到底在说什么。其实口语体大部分的缺点，在于容易在自由的表现方式的引诱之下，陷入冗长、散漫。徒然堆积过多的词汇反而让人难以体会意思。因此当今急务，反而在于收敛这种口语体的散漫，尽量单纯化，这不外于在说，请复兴古典文的精神吧。

文章的秘诀，换句话说要写得"让人明白"的秘诀，在于知道什么是语言和文字可以表现的事情，什么则不是，能止于这界线之内是第一重要的事，自古以来被称为文豪的名人都对这点心领神会。

这么说来，从前词汇数少且对举例或引经据典都很严格，使用场合有限制，因此，要描写一方风景或陈述一种心情时，并没有很多说法。要惋惜飘零的落花，要欣赏明月的阴晴变化，或怨恨世间的人情无常，心情都因人因时的不同而多少有些差异吧，然而语言大多已经有固定成语，因此并没有足够丰富的种类来表达那差异。所以在读古典文章时，可以看到同样的用语重复使用好几次，但因为自然的需要，这些用语也因不同的场合而拥有独特的延伸意义，——像月晕那样形成阴影，现出深度。

　　足柄山①之地，持续四五日一路阴暗苍郁十分骇人。即使渐入山麓，天空气色依然模糊不清，草木茂盛无尽延伸，难以言喻十分骇人。投宿于山麓，无月之暗夜，仿佛深陷于黑暗中，不知从何处出现游女三人。一位五十许，一位二十出头，一位十四五。于庵前打伞让其坐下。众男点起火来照看之下，乃昔日人称小幡者之孙女也。发长，美丽覆额，色白洁净无垢，人人怜惜②。"为贵府侍女亦十分足够"，美声皆无与伦比，清澄嘹亮响彻云霄欢喜歌唱。人人怜惜更甚，唤至身旁助兴，听到人人唱起"姑娘胜过西国③游女"，彼女随即欢喜接唱"难波④游女犹不如"。眼看洁净无垢，歌声无与伦比。将离开再入如此骇人之

① 足柄山，位于神奈川县西南部箱根山北边和静冈县交界处，东海道古道穿过山中。
② 怜惜，原文为あはれ，含有"感佩""美丽""可爱""高贵"等多重意思，语源来自有感而发的感叹。
③ 西国，以京都为中心来看，京都以西之地，包括今日的大阪、神户等关西地区。
④ 难波，大阪的古称。

山中，人人依依不舍，众皆哭泣，况幼小心灵告别此
宿处，亦依依不舍。

　　黎明时分越过足柄山。山麓已如此况，山中骇人
之处更不待言。云雾踏于足下。山腹树下狭处，仅见
三株葵①，生长于此世外山中，人人怜惜。水流于山
间三处。

《更科日记》②

　　足柄山というは、四五日かねておそろしげにく
らがりわたれり。やうやう入り立つ麓のほどだに、
そらのけしき、はかばかしくも見えず。えもいはず
茂りわたりて、いとおそろしげなり。麓にやどりた
るに、月もなく暗き夜の、闇にまどふやうなるに、
女三人、いづくよりともなくいで来たり。五十ばか
りなる一人、二十ばかりなる、十四五なるとあり。
庵の前に傘をささせてすゑたり。男ども火をとも
して見れば、昔こはたといひけむが孫といふ。髪い
と長く、額いとよくかかりて、色白くきたなげなく
て、さてもありぬべき下仕などにてもありぬべし

<hr>

① 葵，叶如心形，发音有相会之日的谐音，自生于山中林间。京都贺茂神社祭典
　使用的就是贺茂葵。（德川家的纹章也以葵叶为图案，但这是 1603 年以后
　的事。）
② 《更科日记》，或《更级日记》，平安中期菅原孝标的女儿所写的日记，约成书
　于 1059 年，以流丽的笔致书写充满梦幻的记事。

など、人々あはれがるに、声すべてにるものなく、空にすみのぼりてめでたく歌をうたふ。人々いみじうあはれがりて、けぢかくて、人々もて興ずるに、「西国の女はえかからじ」などいふを聞きて、「なにはわたりにくらぶれば」とめでたく歌ひたり。見る目のいときたなげなきに、声さへ似るものなく歌ひて、さばかり恐ろしげなる山中に立ちてゆくを、人々あかず思ひて皆泣くを、幼なきここちには、まして此のやどりをたたむ事さへあかずおぼゆ。

　まだ暁より足柄をこゆ。まいて山の中のおそろしげなる事いハム形無し。雲は足の下にふまる。山のなからばかりの、木の下の、わづかなるに、葵のただ三筋ばかりあるを、世はなれてかかる山中にしも生ひけむよと、人々あわれがる。水はその山に三処ぞ流れたる。（『更科日記』）

　这是距今九百年前，上总介菅原孝标的女儿十三岁时随父亲进京，事隔四十年后回想起来所写的文章。其中同样的用语重复使用多次。足柄山是怎样的山呢？她说是一座非常可怕的黑漆漆的山，"阴暗苍郁十分骇人"。而且"草木茂盛无尽延伸，难以言喻十分骇人"或"况山中骇人之处更不待言"等，形容山好像除了"骇人"一词之外不知道别的。此外"人人怜惜"的用语也出现三次。听到乡下女人巧妙的歌声，看到深山大树下有葵三株，人们都感到"怜惜"。女人的脸说是"色白洁净无垢"，又说"眼看洁净无垢"。形容歌声"美声皆无与伦比，清澄嘹亮响彻云霄"或"歌声无与伦比"。此外"欢喜"这个副词和"洁净无垢"也出现两次。由此可知从前可以用的词汇数目是多么少，不过相对而言，作者想说的事情大体都明白表达了。光说"骇人"，也不是不能想象树木苍郁茂盛的山容。在"怜惜"一词中，仿佛可以看到围着三个女人打趣的男人们的样子，听到他们忘记旅途忧愁，赞美歌声、观赏美貌的谈笑声。

这样看来，这么朴素的写法都大略够用，对这个时代的人来说，像"欢喜""有趣"或"出奇"这样简单的形容词，其实都各具其意。此外，从"无月之暗夜，仿佛深陷于黑暗中"，到"众男点起火来照看之下，乃昔日人称小幡者之孙女也。发长覆额"，仅仅五六行的短文中，夜晚路上意外走出艺人女子的妖艳美丽，和看见她们的旅人略略惊讶的模样，虽然模糊却也浮现出来。因为有"点起火来"，虽然不知道到底是灯火，是火把，还是柴火，但因为"庵前打伞让其坐下"，所以女人们可能坐在庭园或路边，而一行男仆则可能提着纸灯笼或火把。在摇曳的火影中照出红红的女孩子们，这一带很稀奇的装扮和美丽身影，后面延伸出去的漆黑暗夜，耸立在黑暗天空的足柄山山影等，都朦胧浮现于眼前。所谓"美声皆无与伦比，清澄嘹亮响彻云霄"，这一句"响彻云霄"也很好。这次旅行是九月三日从上总之国出发的，所以到这里时大约是秋末时节，天气已经相当冷，嘹亮的歌声透澈地响彻清冷的夜空，那种感觉充分表现在这一句中。"难波游女犹不如"的歌词只记下开头部分，后面可能忘记了，不过这种写法也留下余韵，这就好了。虽然可能是因为所知的词汇量有限才这样写，但所用的文字温柔易懂，给人的感动之深绝对不亚于饶舌的口语文。

其次，我认为古典所拥有的字面上和音调上的美，某种程度上——不，有时候非常——值得参考。这好像跟我前面所说的有点矛盾，不过如果进一步思考，虽说是口语文，也不可能完全忽视文章的音乐效果和视觉效果。因为，想要"让人明白"，文字的形态和声音的调子都拥有力量。读者自己在读的时候或许没有意识到这些关系。不过，从眼睛和耳朵得来的快感如何有助于理解，是名家都知道得非常清楚的事。既然语言并不是万能的，那么我们不妨利用能够诉诸读者眼睛和耳朵的所有要素，来补充这不足。

例如从前，印刷术尚未发达的时代，可以想象连文字书写的巧拙、纸质、墨色等，与对内容的理解都有很大关系，这是当然的。如果是眼睛看了可以理解的东西，那么透过眼睛而来的所有官能性要素，不可能在读者心中不留下任何印象。于是很多情况下，这些要素便和文章的内容关系密切地结合在一起，切也切不开，完全一体地印在脑子里了。

我常常想起幼年时背下来的《百人一首》①的和歌，每次

---

① 精选一百位作者每人一首的和歌集。以藤原定家编撰的《小仓百人一首》最为著名。

想起来时，眼里一定会浮现纸牌上所写的文字形状。当时没有现在这种标准纸牌，而是由书法高明的人以草书或变体假名写出来的，如果想起"久方之"①，那么随着所谓"久方之"的和歌一起，眼睛里会浮现出那写在纸牌上的字体。

我想各位很可能也有类似的经验，尤其是记和歌，会同时记住一张定家卿或是行成卿所写的美丽色纸纸板或短册，想必有很多人会这样。今天的文章几乎全部印成铅字，但并不因为是印刷字就没有这种关系了。或许文章内容在刻进读者脑子里时，印刷的字体也一起刻了进去，想起来的时候连那字体也一并想起来。因此，虽然如今文字书写的巧拙已经不成问题，但文字的组合方式，也就是要组成一段或两段，字体的种类、大小，要不要用粗体，要不要加点，用四号字还是五号字，还有汉字的注音写法，一个词要用汉字来写还是用平假名或片假名写，这些在让读者理解文章想表现的理论、事实和感情上，可能帮助不少，也可能成为妨害。

虽然文章的第一个条件是写得"让人明白"，第二个条件是写得"让人长久记忆"，但和口头说话的不同之处主要在于后者，以任务来说或许第二个条件更重要也未可知。如此说来，文字的体裁，也就是所谓字面，就成为更重大的要素了。从刚才所提到的《百人一首》的例子也可以知道，我常常想起这些和歌，大半因为那美丽的字体。我一面想起那美丽的字

---

① 久方之，和天空、日、月、星、光、天气有关的歌类。

体，一面想起和歌，想起那纸牌的触感，想起把玩纸牌的时刻，幼年时代新年的晚上，真是说不出的怀念。西洋文章是不是也有这样的情形呢？我们用的是我们独特的象形文字，所以利用诉诸读者眼睛的感觉，即使在印刷文字的世界，某种程度上仍是有效的，只要将来日文改成罗马字母的日子不来临，这唯有我们难得有幸被赋予的利器，不可能有舍弃的道理。这么说或许有人会认为这是文章的邪道，不过所谓字面这东西，无论是好是坏，一定会影响到内容，像我国这样象形文字和音标文字混用的情况尤其如此。那么，会考虑把这影响和写文章的目的合而为一也是理所当然的。

只是，为了免于误会，我要事先声明，这里所谓的"字面"，不一定指用很难的字。最近经常看到有人刻意把汉字用片假名来写，例如"愤慨"写成"フンガイ"，标示一种效果，成为一种流行。那些做法，也相当于我所说的在字面上作考虑。这么说是因为，在西洋要拼出一定的词只有一定的字母可用，例如"桌子"只能写成 desk。在中国可能也一样，但在日本却有汉字的"机"、平假名"つくえ"、片假名"ツクエ"三种写法。那么，故意把常见的汉字用假名写以引起读者注意，希望加强记忆，这种手段也成立。其次，所谓"娱眼"的文字，绝对不仅限于汉字。虽然汉字单个看起来具备美感，然而文字与文字的连接方式并不美，夹杂在假名之间使用，有时候感觉生硬不顺，而日本的平假名文字不但本身含有优雅感，连接方式也真美。而且，汉字因为笔画复杂，化为今天这样的小型活字时，固有的魅力会消失大半，然而平假名因为笔画简单，今天仍然不失魅力。所谓字面的快感，是将这些事情综合考量后所呈现的效果。

但是，现代的口语文最缺乏的，与其说是眼睛，不如说是诉诸耳朵的效果，也就是音调之美。今天的人说到"读"时，一般都以"默读"的意思来解释，加上实际出声朗读的习惯已经逐渐荒废，文章的音乐性要素可能就自然而然被忽略了，这在文章之道上是非常令人叹息的事。西洋，尤其在法国一带，诗和小说的朗读法非常受重视，被大量研究，经常举办各种朗读会，而且据说不仅限于古典，连现代作家的作品也经常被试着朗读，就是要这样才能期待文章的健全发展，因此他们国家的文艺风气之盛也不是偶然的。

相反地，我国现在就没有所谓的朗读法，也没听说过有人在研究。最近据说大阪的JOBK①播出富田碎花氏朗读诗歌的节目，接着JOAK②也播出由古川绿波氏朗读的夏目漱石《哥儿》的一节，因此或许可以借电台的努力而逐渐开拓这方面的尝试。但像富田这样的朗读名人，大可由各学校聘请去做这样的朗读，希望国语汉文的老师们也都具备这样的技能。我为什么要这样大力游说呢？就算在音读习惯已经逐渐荒废的今天，也无法完全不想象声音来阅读。人们在心中发出声音，心的耳朵就这样一面听着那声音一面读。虽然称为默读，其实结果还

---

① 大阪中央广播电视局。
② 日本东京广播电视局。

是在音读。既然在音读，那么总要附加上某些抑扬顿挫和重音。然而因为一般没有人研究所谓的朗读法，所以这抑扬顿挫和重音的附加方法，就人人不同，各式各样。那么好不容易特地处心积虑做出来的文章，恐怕有节奏被读错之忧，因此对像我这样以写小说为业的人，更是重大的问题。我经常很关心自己所写的东西会被读者以什么样的抑扬顿挫来读，之所以这么说，是因为没有某种文章要以某种节奏来读的基准。

大体说来，现代人就算在写一点小事情，也有滥用大量汉字的弊病。这是明治以后各种习惯用语、和制汉语急速增加的结果。这弊害将于后文"用语"一节中详细叙述，但这弊害的由来之一，是最近音读习惯逐渐荒废，文章的音乐性效果被忽视。换句话说，文章不仅是"用眼睛理解"，同时也是"用耳朵理解"的东西。然而当代的年轻人却以为只要写出来看得懂就行了，并不重视语音和音调，只会像"如何如何的、如何如何的"那样一味堆积无数汉字。其实我们是在看到的同时也听到，从而理解的。眼睛和耳朵共同在读文章。因此如果一次排列出太多汉字，耳朵和眼睛会来不及追上，字形和声音分别进入头脑，要理解内容就颇费工夫了。那么各位在写文章的时候，首先有必要实际出声诵读那文句，试试看是不是能朗朗上口。如果没办法朗朗上口，就可以断定这文章是难以进入读者头脑里的恶劣文章，不会错。

实际上，我从年轻时到今天，经常这样实行，从这一点来看，所谓朗读法实在不能疏忽，如果各位有了音读习惯，我相信就不会再一味罗列杂乱的汉语了。

因此我想到，从前寺子屋①教授汉文的读法，称为"素读教法"。所谓素读，就是不讲解，只朗读。我少年时还有寺子屋，一面上小学，一面还去那里学习汉文，老师把书翻开放在书桌上，拿着棒子一面指着文字，一面朗读出来，学生热心地听着，老师读完一段时，轮到自己高声读，如果能读得满意就继续往前读。外史和《论语》就这样教，对其中意思的解释，如果学生问，老师会回答，一般是不说明的。不过，古典文章大体上音调都很流畅，就算不明白意思，句子还是会留在耳里，自然涌上嘴唇，少年长成青年，直到老年，每次遇到机会就会一再回想起来，因此渐渐开始明白意思。谚语说"读书百遍，其义自见"，就是指这个。听过讲解虽然明白意思了，但光是明白，却未必能体会言外之意，因此往往当场就忘了。

例如，《大学》有这样一句：

　　　诗云。缗蛮黄鸟止于丘隅。子曰于止知其所止。可以人而不如鸟乎。

这要读成"詩ニ云ク、缗蠻タル黄鳥丘隅ニ止マルト。子曰ク止マルニ於イテ其ノ止マル所ヲ知ル、人ヲ以テ鳥ニ如カザル可ケン乎"。这是学过《大学》的人都记得的名句，但如果要把那特色和意思翻成白话，除非是汉学家，一般人并

----

① 寺子屋，江户时代的初等教育场所，相当于私塾。

不容易做到。虽然如此，我们好像还是可以模糊地了解那意思。

"缗蛮黄鸟"的"缗蛮"，如果不查字典，并不明白真正的意思，不过还是不由得自己猜测，可能有一只黄莺停在山丘的树枝上以美妙的声音啼唱着吧。

诗歌和俳句有很多这样的例子，自己觉得明白意思了，从来也没有怀疑过，然而叫你说明时却说不出来。不过，这种模糊的了解方式，或许才是对的。为什么呢？原文的语言如果换成别的语言，意思好像弄清楚了，但往往只传达了一部分意思而已。"缗蛮黄鸟"只是"缗蛮黄鸟"，以其他任何文字和语言，都无法道尽原文所含有的深度、广度和韵味。因此，不能说"如果明白的话请翻译成现代的白话文"，想得这么简单的人，只证明他其实不了解。

这样看来，不解释而只教授素读的寺子屋式教法，或许是让学生掌握真正理解能力的最适当方法。

这么说来，相信您已经了解写得"让人明白"，和写得"让人长久记忆"，两件事其实是一件事。也就是说，为了真正写得"易懂"，则有必要写得"好记"。所谓字面的美和音调的美，不但能帮助读者记忆，其实也能补足读者的理解。如果不具备这两个条件，意思就无法完全传达。

为什么我们能记得上面所引用的《大学》的一节呢？

不用说，是因为"缗蛮"这特异的字面和文章整体的音调，有了这两个字，才让我们能长久记忆这个句子，每每回想起来，最初是模糊的，然后渐渐清晰起来，终于能心领神会那真正的意思。

前面所举《太平记》的一节也一样，我至今还能记得那种现代已经不通用的文章，完全是因为字面和音调的关系。就这样，只要记得"一径泪尽愁未尽""瞻望鼎湖之云""慕别梦里之花"之类的文句，有朝一日总会明白那意思的。总而言之，文字用得过多，怎么说都是错的，语言不足的地方以字面和音调来补足，才称得上是杰出的文章。

字面和音调，我把这称为文章的感觉性要素，不具备这个要素的现代口语文，以文章来说就是不完备的，现在祝词和吊辞等还采用和汉混交文的事实，正雄辩地说明口语文不适合朗读。由此可见，古典文章其实具备了许多这种感觉性要素，因此我们不得不多多研究古典，学习古典的长处。此外，和歌和俳句等，在这个意义上就非常值得参考了。本来所谓韵文就是由字面和音调所产生的，这才更可谓日文的精粹，在写散文时，也要撷取这种精神，这是非常重要的。

为了明白感觉性要素在现代文中扮演了多么重要的角色，请各位再翻开第十页，重新吟味一次志贺直哉的《在城崎》。其中的"此处"（其处で）、"正好"（丁度）、"有一天早晨"（或朝の事）、"一个地方"（一つ所）、"如何"（如何にも）、"了"（仕舞つた）、"然而"（然し）等字面，如果分别改成平假名"そこで""ちやうど""或る朝のこと""一つところ""いかにも""しまつた""しかし"，这篇文章本身铿锵有声、

印象鲜明的感觉就会被抹杀。作者下笔的这许多癖好，可能是下意识使用的，不过作者对字面绝对不是漫不经心的，而是确实知道要写这样精练的文章，必须将汉字穿插到这种程度，减少假名的使用，才能达到效果。虽然是琐碎小事，不过"细长的羽翼往两边奋力张开便嗡地飞起来"这里，"奋力"用片假名"シッカリ"，"嗡地"用平假名"ぶーん"也令人心服。这种情况，要让我写的话一定也会这样写。尤其如果把"ぶーん"写成"ブーン"的话，就无法感觉到"巨大肥胖的虎斑蜜蜂"一面震动空气一面飞走的羽音。而且"ぶうん"也不行，一定要用"ぶーん"，否则看不到笔直飞去的模样。

再来读读这篇文章的结束方式：

> 又让人感受到真切的死亡。那有三天一直保持那个样子。看着那个时给人一种非常静的感觉。好寂寞。其他蜜蜂全都进了巢之后的黄昏，看见冷冷的屋瓦上留下一只死骸，好寂寞。然而实在非常静。

这样，一字一句仿佛没什么，然而"那""那个"等词三次重叠起来，"寂寞"重复两次，又再以"然而实在非常静"总结，"给人""寂寞""静"，重复终止的句型，使文章整体呈现一种紧张的调子。"给人……的感觉""非常静"的句子也重复使用两次。换句话说，作者为了说明寂寞的心境，只说"寂寞"而已，并没有啰啰唆唆地浪费多余的口舌。重复运用同样的调子，将那感觉明确地传达到读者心中。这样的作者是最具写实倾向的人，其文章虽然一味以达意为主，但也知道为了"达意"必须要有这样的用心。因此，感觉性要素，绝对不是奢侈或虚饰的工具。即使在朴素的实用文中，如果闲置不用的话往往会有美中不足的遗憾。

此外，古典文中另有一种，称为书简文体。这既不能称为和文调，也不能称为汉文调，是一种变体文章，也就是所谓的候文①。这文体将来势必也要面临逐渐被废除的命运，不过现在还流通于各政府机关，或是怀旧的老人间通信时使用。我认为那种文体简略留白的表达方式，在写作口语文时仍然很值得参考。因为，如果让现在的年轻人试写候文，几乎没有一个人能写得令人满意。大家只知道要在文句之间夹入"候"字，却好像是勉强加上去的，没办法吻合地镶进字里行间。为什么无法做到呢？因为以前的候文，一个句子和下一个句子之间有一定的间隙，前面说的事情和后面说的事情逻辑上不一定衔接得上，这中间存在着意思的断裂，正因为有余情才更有趣味。现在的人却不知道这个，因此用"候"或"恭候"或"并候"等，加上意思的联系，想把空隙填满。然而这空隙，其实就是写作日本文章时重要的要素，是口语文最缺乏的。因此我们即使不写候文，也有必要学习候文的诀窍。

---

① 候文，中世纪到近代被使用的一种文体，特征是在文末常使用表示尊敬的助动词"候"。

西洋文章和日本文章

　　我们除了研究古典之外，也要一并研究欧美的语言文章，尽可能撷取其中的长处，这是不言而喻的。不过必须考虑到，语言学上系统完全相异的两种文章之间，永远有无法逾越的围墙。有时也会有这种情况：好不容易特地越过那围墙学来了长处，却无法发挥，反而破坏了自己本国语言固有的机能。不过依我看，明治以来，我们已经尽可能大量汲取西洋文字的长处，再多吸收的话也就是所谓逾越围墙了，对我国文字的健全发展反而有害，不，应该说已经造成了伤害。因此，我想现在与其汲取他人的长处，不如整理由于吸收过度所产生的混乱，这才是当务之急。

　　从前在镰仓时代，我们的祖先学习汉文的语法，创造了所谓和汉混交文的新文体。然而，仔细想想，这也绝对不算是撷取古代汉语的结构。例如实际上原文是"子曰于止知其所止。可以人而不如鸟乎"的十六个字，日文却读成"子日ク止マル於イテ其ノ止マル所ヲ知ル、人ヲ以テ鳥ニ如カザル可ケン

乎"，虽然是汉文式的，然而孔子并没有像这样从后面反过来往前读。当时汉语是纵向由上往下读的。从古至今的汉语都没有格助词，动词下面直接连接宾语，到现在都没有改变。此外，原文并没有相当于"縄蠻タル"中"タル"的字。"タル"是"トアル"的省略，没有这个就没办法读日语，也无法了解是什么意思，因此加上附注读音的假名，所谓"送假名"。这么看来，像这样迂回的读法并没有离开日语的范围，只是为了把汉文镶进日语的语法中来读，从而想出的多少有点勉强，却也相当新奇的读法。于是最初只用于读汉文的读法，在作文时也拿来应用，就成了和汉混交文。因此，虽然是在汉文的影响下所发明的，但这种读法并不是汉文的语法。像这样，连和日语最接近的汉语，历经千年以上的接触都很难同化，何况关系浅薄的西洋语言，应该没那么容易吸收。

本来，我们日语的缺点之一，在于词汇量少。例如陀螺和水车的旋转，地球绕太阳旋转，我们都使用相等的"旋转"或"回转"。不过前者是物体本身的"转"，后者是一物在他物的周围"转"，两者显然不同，但日语没有这种区别。

然而，英语不用说，汉语也有许多区别。试着寻找一下汉语中相当于日语的"旋转"和"回转"的用语，就有：转、旋、绕、环、巡、周、运、回、循等，实在很多，意思各有一些不同。陀螺和水车的"转"，可以用旋和转两个字，"绕"则指不离开物体的周围从外面缠绕，"环"指像圆环那样围绕，"巡"有巡回视察的意思，"周"则指绕一圈，"运"指移动变化的动作，"回"指漩涡般流动，"循"指跟随一个物体行走，区分得非常细致。

此外要表达樱花开的感觉，日语只能想到"华丽"这个形容词，但如果可以使用汉语，则有烂漫、灿烂、灿然、缭乱等，还有无数形容方式。那么我们像"旋轉する""運行する"那样，在汉语后面加"する"，制造出许多动词，又如"爛漫な""爛漫たる""爛漫として"等，加上"な"或"たる"或"として"，造出无数形容词和副词，以弥补日语词汇的贫乏，这一点我们亏欠汉语的地方实在很多。

然而在今天，不管汉语的词汇多么丰富，也已经不够用了。因此我们又把"taxi""tire""gasoline""cylinder""meter"等英语音译成日语，或开始使用如"形容词""副词""语汇""科学""文明"等用汉字翻译出来的西洋语言。因为实际上不这样做的话真的不够用，这样做也并无妨碍。就像我们的祖先过去撷取汉语一样，我们也从欧美语言撷取新词以丰富我们的语言，这确实是一件好事。

不过，所有的事情并不是只有好处。除了汉语之外，又加上西洋语、翻译语，日语词汇突然丰富起来，但正如我已经说过几次的，我们因此而过分依赖语言的力量，变得过分饶舌，渐渐忘了沉默的效果。

所谓语言，和国民性的关系是密不可分的，日语的词汇贫乏，并不一定意味着我们的文化比西洋或中国差。相反，这证明我们的国民性是不饶舌的。我们虽然擅长战争，但每次遇到外交谈判时，却因为木讷寡言而吃亏。在国际联盟的会议上，日本外交官往往说不过中国外交官。我们的正当理由明明有十二分，但各国代表却被中国人的辩才所迷惑而同情他们。自古以来中国和西洋就有以雄辩闻名的伟人，日本历史上却看不到。相反，我们自古以来就有轻视善辩者的风气。实际上，一流的人物以沉默寡言者为多，善辩者则多为二流和三流以下。因此，我们不像中国人和西洋人那样依赖语言能力，不信任辩舌的效果。原因何在呢？首先因为我们是正直的吧。换句话说，我们只要对方看到我们实行的样子，明白的人自然会明白，只要无愧于天地神明，也不必一一费口舌去解释，或为自己夸大吹牛。这是我们的心态。孔子也说过"巧言令色，鲜矣仁"，会说话虽然不一定是谎言，不过不知道西洋怎么样，在东洋，话多的人，往往有把事情修饰得言过其实的毛病，有不被相信的倾向，因此"君子慎其言"被当成一种美德，尤其日本人在这一点上有很强的洁癖。

我们有汉语中没有的所谓"腹艺"一词，甚至把沉默带到艺术中来。也有"以心传心"和"肝胆相照"的说法，心中只要有诚意，即使沉默相对也自然能和对方心意相通，与其耗费千言万语，不如这种暗默的谅解更可贵，这是我们的信念。

再试着深入思考，我们会拥有这种风气和信念，是由于东洋人内向特质。总体来说，我们总是保守地估计事情，拥有十分实力，自己总想成七分或八分，也让别人这样想，觉得这才符合谦让的美德。西洋人则相反，如果有十分的东西，就毫不客气也不用顾虑地说有十分。他们不是不懂得谦让的美德，不过东洋人式的谦让，在他们看来等于胆怯、因循，有时甚至可能是不老实。这种事情有一长就有一短，但无论如何，西洋人是进取的，东洋人是保守的，从这方面看来，我们该向他们学习的地方还很多。暂且不论优劣，正如上述所言，想想日本人的国民性，便可以知道日语会往不适合饶舌的方向发展并不是偶然的。

另外想提的一件事情是，或许因为我们是岛国人的关系，比起西洋人或中国人，我们比较不执着。说得好听是干脆、敢于放弃，说得不好听是性急、没有执着力，因此不喜欢一件事情一直说个不停。说了也没有用，心想反正不可能明白更多，只能顺其自然，于是说了个大概就看破了，放弃了。这种性格的确影响了语言。

语言的长处和短处是如此深刻地植根于该国的国民性中，不改国民性而只想要改良语言是办不到的。因此，我们撷取汉语和西洋语的词汇以弥补日语的不足是一件好事，不过请不要忘记这也有限度，该适可而止。因为日语结构的建立方式是以很少的语言传达很多的意思，而不是以累积许多文字来传达意思。

现在试举一个例子说明，请各位先读读以下英文。

— His troubled and then suddenly distorted and fulgurous, yet weak and even unbalanced face — a face of

a sudden, instead of angry, ferocious, demoniac —
confused and all but meaningless in its registration of a
balanced combat between fear and a hurried and restless
and yet self-repressed desire to do — to do — to do — yet
temporarily unbreakable here and here — a static between
a powerful compulsion to do and yet not to do.

这是美国现代作家西奥多·德莱塞的长篇小说《美国悲剧》的一节。这本小说曾由著名导演斯登堡拍成电影在日本上映，或许各位中有人看过。这里所描述的是该小说的主角克莱德在决定不下要不要杀人那一瞬间脸上的表情，这长长的句子全都是用于形容"脸"这一主语的，是更长句子的一部分，真是精密得令人惊讶。现在我试着将原文尽量忠实地逐字翻译，成为以下这样：

> 他的困惑的，而后突然扭曲的，闪闪发光，又软弱，甚而失去平衡的脸——一张突然改变的脸，不再是充满愤怒的、猛烈的、恶魔似的——而是心慌意乱又强自压抑——然而此刻却难以克服的——去做——去做——去做的欲望和恐怖之间，显然难以决定、正在挣扎，几乎变成无表情且混乱的脸——介于去做和别做之间的强烈对抗所逼之下的静止状态。

我并不是故意翻译得令人难懂。虽然说过要逐字翻译，不过为了让人容易理解，有些地方改变顺序，有些地方补充原文所没有的用语，有些地方多少把原意扭曲一下或省略一些。我想以日语来说，已经是尽力直译了，如果要更贴近原文就会变得不再是日语了。然而请各位检查一下这句子里到底累积了多少词语。

首先是"困惑的""扭曲的""闪闪发光""软弱""失去平衡的""突然改变的""充满愤怒的""猛烈的""恶魔似的""几乎变成无表情""混乱的"等十一个形容词，用来描述"脸"（face）这个词。其次，为了说明"变成无表情"，则用了"难以决定、正在挣扎"，又为了说明"欲望"，附加了"心慌""意乱""强自压抑""难以克服"四个词来形容。为了连接这些词而用了四个"yet"——"然而"，九个"and"——"而且"。我觉得九个未免太啰唆了，于是在译文中减成三个[①]，以日语来说其实这三个最好都不要。此外还有限定这些形容词的副词如"突然"（suddenly、temporarily），原文中"恐怖"（fear）的后面还括弧附加了"对死亡或对致命的残暴行径产生的生理厌恶"（a chemic revulsion against death or murderous brutality that would bring death）。

评论家小林秀雄在他的《续文艺评论》中引用了这段英文，并且说"这是德莱塞所描写的克莱德脸上的表情。看过许

---

① 在该段汉语译文中为"而后""甚而""且"。

多精细心理分析样品的我们，并不觉得这文章特别杰出。而且就算他能更精细地对克莱德的脸做心理分析给我们看，读者也绝对无法想象克莱德真正的脸"。

能或不能就交给各位去判断，不过西洋人光是一张脸就非要这样精密地描写，否则不罢休。然而，原文中罗列的许多形容词依次爬进读者头脑中，某种程度上能呈现出作者试图描绘的情景。这是因为英文的结构是适合罗列许多形容词的，而且在这种情况下，说"yet self-repressed desire to do — to do — to do — yet temporarily unbreakable here and here —"或"a powerful compulsion to do and yet not to do"，这样的节奏对提高效果有很大的帮助，由此可以窥见原作者的苦心。但以译文来说，光是辛苦追逐原文的语句，一连串的形容还是无法进到脑子里来。读者只能感觉到凌乱的语言的堆积，却弄不清楚脸上是什么样的表情。从"心慌"到"难以克服的"为止的形容词，附在"欲望"之上，只有那前后的形容词是附在"脸"上的，然而在日本文章的结构上并没有这种区别。于是，稍微偏离原文，试着把语言顺序换成符合日文习惯的，就成了下面这样：

> 他刚开始露出困惑的脸色，然而突然开始扭曲、带有奇怪的光辉、软弱、不安的脸——忽然改变的一张脸，不再是充满愤怒、凶猛的、恶魔般的——而是慌张的、心慌意乱，却一直强自压抑的欲望——和正

在唆使他去做——去做——去做，在这样的情况下难以克服的欲望和恐怖斗争形成几乎面无表情的、混乱的脸——去做、不，别做，这两种意志可怕相逼所形成的静止状态。

这样就能知道哪个形容词是附在哪个名词上的。可是好不容易能够明白意思了，却绝对不会顺畅地进入脑子里，也无法想象这些形容词所描述的表情复杂的脸会浮现在脑海。日语的结构，语言叠加时并不能产生叠加的效果，意思反而会变得更不清楚，从这个例子就显而易见了。

再举一个例子，这次以日文为原文，对照英文的翻译来看。以下所举是《源氏物语·须磨卷》① 的一节，以及英国人亚瑟·威利的英译。

须磨那地方，从前还有一些住家，现在却已经人烟稀少，变得非常荒凉，听说连打鱼人家都很罕见，不过人多吵杂的住处也并不符合本意。只是远离都城，只怕惦念故乡心乱不安。想到未来难免瞻前顾后，尽是悲伤的事。

かの須磨は、昔こそ人のすみかなどもありけ

① 须磨卷，描写流放于须磨（神户附近）的光源氏的生活。须磨位于神户西南的海滨，以白沙青松闻名，隔明石海峡与淡路岛相对，也是源平战争的古战场。

れ、今はいと里ばなれ、心すごくて、海人の家だに
稀になむと聞き給へど、人しげく、ひたたけたらむ
住ひは、いと本意なかるべし。さりとて都を遠ざか
らむも、古里覚束なかるべきを、人わろくぞ思し乱
るる。よろづの事、きし方行末思ひつづけ給ふに、
悲しき事いとさまざまなり。

亜瑟・威利的译文如下：

There was Suma. It might not be such a bad place to
choose. There had indeed once some houses there；but it
was now a long way to the nearest village and the coast
wore a very deserted aspect. Apart from a few
fishermen's huts there was not anywhere a sign of life.
This did not matter，for a thickly populated，noisy place
was not at all what he wanted；but even Suma was a
terribly long way from the Capital，and the prospect of
being separated from all those society he liked best was not
at all inviting. His life hitherto had been one long series of
disasters. As for the future，it did not bear thinking of!

（有一个地方叫做须磨。或许住起来会是个不错的
地方。过去确实也有过几户人家，但现在最近的村子

都相隔很远，海岸的风景显得很荒凉。除了几户渔夫的小屋之外，到处人烟绝迹。那倒也不妨，因为人口稠密热闹的地方绝对不是他所要的地方；不过这须磨离都城十分遥远，而且远离他所喜爱的社交界的人也不是他所乐意的。他以往的生涯充满一连串的不幸。对于未来，更不堪想象！）

威利的《源氏物语》英译，评价颇高，被誉为近来的名译，将连日本人读来都觉得相当难理解的古典名著翻译成流畅的英文，而且某种程度上能够生动地贯彻原作的精神和节奏，真值得大大地感谢。在这里所引用的一节，以英语来看应该也是杰出的文章。我也无意批评，只想以实例说明，写同样事情时，用英语写词汇数会增加许多。正如您所见到的，原文七行的文章，英文变成十一行（该英译若再直译成日语则会变成更多行）。而且英文中增补了许多原文所没有的用语。例如原文没有"或许住起来会是个不错的地方"（It might not be such a bad place to choose）这个句子，只说"现在却已经人烟稀少，变得非常荒凉，听说连打鱼人家都很罕见，不过人多吵杂的住处也并不符合本意"而已。但英文把原文的句子延伸加长，从"现在最近的村子都相隔很远，海岸的风景显得很荒凉。除了几户渔夫的小屋之外，到处人烟绝迹"到"绝对不是他所要的地方"花费了四五行。另一方面，"惦念故乡心乱不安"一处，单方面改成"远离他所喜爱的社交界的人"；而"想到未来难免瞻前顾后，尽是悲伤的事”则改成“他以往的生涯充满一连串的不幸。对于未来，更不堪想象”。换句话说，英语比原文精密，没有意思不清楚的地方。日文原文中，有些不言而喻的地方就尽量不说出来，而英文则是明明知道的事情也要让对方知道得更清楚。

其实，原文也未必不清楚。虽然比起“惦念故乡心乱不安”，不如说“远离他所喜爱的社交界的人也不是他所乐意的”更清楚，不过远离都城的源氏的悲哀，并不只是离开这些人而已，其中还可以感觉到各种害怕、寂寞、无奈的情绪。于是把这些复杂的情绪用“惦念故乡心乱不安”一语笼统包含起来，如果像英文那样全说出来的话，虽然清楚，但意思也因此而受限，变浅了。这么说来，那百感交集的心情要仔细分析、全部说明无余的话，就会像德莱塞的文章译成日文那样，不但反而变得不容易懂，而且可能任何语言的累积都永远无法完全充分地表达。整体上，这种情况的悲哀，分析起来是没有止境的，往往连自己都无法清楚地掌握那轮廓。因此我国的文学家都不去做这样徒劳的努力，特地使用大概的、包含各种意思的有余裕的语言，其他就用感觉性要素，也就是调子、字面和节奏来弥补。前面提过，古典文章中一字一句都像月晕那样有阴影、有中心，就是指这个。换句话说，要用很少的语言暗示以引出读者的想象力，不够的地方让读者自己去补足。作者的笔，只要诱出读者的想象而已。这才是古典文的精神。西洋的写法尽量把意思限定在狭小细微的地方描写，不容许有些许阴影，没有留余地给读者去想象。依我们看来，"他所喜爱的社交界"云云已经极端清楚、太没有余韵了，而对他们来说，却不知道"惦念故乡心乱不安"是怎么一回事，必须说明白其中的理由，否则无法体会。

西洋语言和汉语一样，动词在前，宾语在后；也有时态的规则，可以把时间划分得很细，前面的动作和后面的动作清楚分开；还有所谓关系代词这重要的词类，一个句子可以无限衔接其他句子，不会产生混淆；此外，单数复数、性别的差异等，文法上有各种规定。正因为有这样的结构，西洋文章才能累积使用许多词汇而意思仍然能通，但结构完全不同的日语文章中，要纳入像他们那样的行文方式，就像用盛酒的器具盛饭一样。然而现代人不太深入留意这些事实，只养成一味滥用语言的癖好。他们所写的文章，接近哪一种呢？与其说古典文，不如说翻译文。越是小说家、评论家、新闻记者等以文笔为业的人，这种倾向越强。

看了如上所举的英文就能明白，西洋人不吝于列出"全"（all）或"最"（most）之类的用语，现代的日本人也不知不觉开始学习，在没有必要的地方也用最高程度的形容词。就这样，我们日渐丧失了我们的祖先所引以为荣的深度和谨慎。

不过在这里有个难题，即从西洋输入的有关科学、哲学、法律等学问的记述。这必须对各种事物从各种性质上一一细致缜密地、正确地清楚书写才行。然而遗憾的是，以日语的文章，无论如何都无法巧妙进行。我曾经试着把德国的哲学书翻译成日语来读，但问题进入稍微复杂的地方，往往会变得难以理解。而且之所以不明白，显然与其说是因为哲理的深奥，不如说是因为日语结构的不完备，因此不止一两次中途就把书丢开了。

确实，东洋自古以来并不是没有书写学问和技术等的著述，但因为我们以"语言所难以说明"的境地为贵，不喜欢太露骨地书写。原因之一可能是我们不依赖语言力量的习性。在学徒教育时代，弟子可以直接接受师父口传，也可以受到师父人格熏陶而渐渐自然体会，因此并没有妨碍。这样想来，日文不适合用来做科学上的著述也是理所当然的，这缺点不能不想办法补救。如今，日本科学家是如何克服那不方便的呢？无论读写，大概都是用原文来补足的。他们在上课的时候，在日语之间夹杂非常多的外语。论文发表时，用日文写，但同时也用外文发表，并以外文为标准。日文方面，拥有专业知识和外语素养的人能懂，外行人读了却不懂。我常常在《中央公论》和《改造》等一流杂志上看到经济学者的论文等，每次都很怀疑，到底有多少读者读到那样的文章而能理解呢？当然，他们的文章是在以拥有外语素养的读者为对象的前提下所写的，虽然是日文，其实是外文的变体化身。正因为是化身，所以难懂的程度甚至超过外文，那才真该叫做恶文的范本。

实际上，翻译过来的文章是没有外语素养的人所必需的，但日本的翻译文章，没有一点外语素养的人却很难理解。不过很多人都没有发现这个事实，以为化身怪物式的文章也足够堂堂派上用场，想起来真滑稽。

然而这缺陷要如何弥补呢？这来自我们对事物的思考方式，长久以来培养的习惯、传统、气质等，并不只是文章的问题。只是，眼前能够想到的是，不适合以自己国家的语言发表的学问，终究是借来的学问，不能真正称为自己国家的东西。那么，我们早晚应该创造适合自己的国民性及历史的文化样式。到今天为止，我们把西方的所有思想、技术、学问等通盘吸收、消化，另一方面，在种种不利条件下，某些部门仍超越先进国家，开始指导起他们来。时代赋予我们站在文化前列发挥独创力的机运。因此今后不要再随便模仿他们，应该设法把从他们那里学到的东西和东洋传统精神相融合，开拓新的道路。这属于本读本范围之外的事，这里不再深入探讨。

本读本中所讨论的不是专门的学术性文章，而是日常所见到的，一般的实用性文章。不过今天由于受到"科学教育万能"的余弊波及，连这种一般的实用性文章，都使用专门术语模仿学术性的说法，在记述上作不必要的精密度炫耀，偏离了实用的目的。我们最需要尽快改掉这种恶劣的怪癖。我认为不仅是实用性文章，就连某些学术性文章，例如法律和哲学著作等，某些方面写得越致密越容易产生疑义，因此，除非耽溺于逻辑游戏，否则不如借用古老的诸子百家和佛家语录的形式，对我们来说反而容易理解，读过后也才能真正深入学到东西。总之，要知道在词汇贫乏、结构不完善的日语中，有足够的优点来弥补它的缺陷，必须充分加以利用。

二　文章精进法

不要被文法囚禁

关于文章的精进法，我想前面写到的应该已经很清楚了，在这里就不再多说。那么，接下来我简单地提醒您注意就好。

第一点想说的是：

文法上正确的，不一定就是名文，因此，不要被文法囚禁。

整体上，日语中并没有像西洋语那样困难的文法。虽然有助词的用法、数目的算法、动词和助动词的活用、假名的注音用法等各种日语所特有的规则，不过只要不是专门的国学者，可能没有一个人写的是文法上完全无误的文章。此外，就算错了，实际上也没有妨碍地通用无阻。我常常觉得很奇怪，在电车上，车掌走过来问"有谁票没有剪吗？"，一面说着一面巡视，这车掌的话，以文法来解析，相当奇怪。不过这样也通用。如果要以文法正确的话来说，该怎么说呢？大概会变得很冗长而不容易听清楚吧。

这种例子不胜枚举，日语并不是没有时态的规则，但谁也没有正确地使用，如果要一一去计较的话就会不够用。"した"表示过去，"する"表示现在，"しよう"表示未来，依当时的情形可以做各种活用。要叙述一个连续的动作，也可以同时使用或前后使用"した""する""しよう"，几乎等于完全没有规则。虽然如此，实际上并没有任何不方便，是现在的事情还是过去的事情，当场就可以判断出来。

日语的句子不一定需要主语。说"好热啊""好冷啊""还好吗？"的时候，没有谁会一一去声明主语是"今天的天气"或"您"。光是"好热""好冷""好寂寞"就可以自成一个完整的句子。换句话说，日语中并没有英语文法中所谓的句子结构。不管任何短句，光是一个单词，都随时随地可以独立成为一个句子，因此我们并不需要特地去思考句子的问题。这样说或许有点极端，不过所谓日语的文法，除了动词助动词的活用、假名的用法、系结①的活用法等规则之外，大部分是模仿西洋文法，有些就算学了实际上也没有用，有些不用学也能自然明白。

不过，如上所述，日语没有明确的文法，因此学习起来非常困难。一般情况下，对外国人而言，据说没有比日语更难的语言。在欧洲的语言中，据说英语最难学，德语最容易学。为

---

① 系结，日语文言语法中的规则。句中如使用特定的助词，与之呼应，句末也要用特定的活用形结句。

什么呢？因为德语规则真的分得很细，刚开始只要记住这些规则，后面依照情况一一镶嵌上去就行了。然而英语规则没有德语那么绵密，而且有不能照规则镶嵌的例外情况。例如文字的读法，德语都有井然有序的规则，因此只要照着读，不认识的词也读得出来。而英语光是一个字母 a 都有各种发音；何况日语，仅仅是读法在日本人之间都各有不同，其他各种场合的规则，要说有好像有，但如果要让外国人也能弄懂，却有很多难以解释的地方。西洋人感觉最困难的，据说是表示主语的"てにをは"中"は"和"が"的区别。确有道理。说"花谢了"时，"花は散る"和"花が散る"有什么不同？用法明显不同，我们能当场毫不犹豫地区分使用，但是要把那套上一般的规则，抽象地去说明，却说不出来。文法学者虽然勉强对此说出一些道理，总算表面上应付过去了，但实际上并没有用。表示"是"的"でございます""であります""です"等，不同程度的敬语表现的区别，也相当微妙，实在没办法以理论完全厘清。因此，如果要学日语，除了重复听过无数次之后自然体会之外，没有其他办法，这样说倒也是事实。

不过，现在到任何中学去，都有日语文法的科目，各位想必也学过了。这有什么必要教呢？我们同胞不同于外国人，从出生落地就开始亲近母语了，因此开口说话并没有感到什么困难，然而一旦要把那用文字表现出来，写成文章时，却和外国人一样，苦于没有可以依据的规则。尤其现在的学生，就算是小学的幼童也都被以科学方式教育，对于像从前在寺子屋那样非科学性的、不谈道理只让学生背诵和朗读的教法，大家已经不能信服。因此一开始就让学生脑子里习惯演绎和归纳，如果不用那种方式教就无法记住。不只学生这样，连老师也没办法像从前那样采取悠长的教法，因此只好设定一些可以当基准的法则，定下程序来教会比较方便。

我想不妨可以这样说，今天学校所教的所谓日文文法，其实就是为了双方的方便，把非科学的日语结构尽可能伪装成科学的、西洋式的，勉强作出"非这样不可"的法则。例如教学生说没有主语的句子是错误的，因为这样规定比较容易教，也容易记，但实际上大家并没有遵守那规则。

此外，现在人们写文章时虽然频繁使用"他""我""他们""她们"等人称代词，但那用法并不像西方语言中那样必要。西方语言在该用的时候一定要用，不可以任意省略，但是日本文章中，即使是同一个人所写的文章，都有时而使用时而省略的情况，好像并不合理。之所以会这样，是因为结构上本来就不需要这种东西，就算在一时的心情下想要用用看，也不会持久。例如：

> 服部闻到自己身上的臭味时，首先感觉到自己正处于和马或猪没有什么差别的状态。带有这种臭味的自己，并不是一个高尚的人类，心情更像和老虎和熊一起被关在动物园里的同类那样。不过他还在乎那臭味，或许还是个人类吧，贫穷使他堕落之后，他努力

试着逐渐忘记这件事，决定尽力修行成野兽的伙伴。最近一个月已经顶多只去一次或两次澡堂而已了。而且，不卫生的结果是不知道从什么时候开始把心脏也搞坏了，实在没办法常常去泡澡。变成这副德行，他毕竟还是怕死吧，在澡堂里感觉头晕目眩，心悸，脉搏跳得出奇激烈，狼狈得快发狂时，会突然想大叫"救命啊！"，不管是谁就揪住不放。这种心情，与其死掉，或许不如做个野兽活着更好！所以服部为了逃出对死的害怕，不得不忍受这不洁。于是，现在他对周围所有东西上所附着的恶臭，甚至完全没有感觉。不仅如此，就像贪婪那样，把沉溺在那不洁底下当成一种秘密的快乐。（中略）于是，他现在一面拿着从南方得来的雪茄，一面不可思议地望着手上，可能心情和那相当类似。终于把雪茄换到左手上拿时，被污垢和油脂弄得黏糊糊的右手食指和拇指，像有什么有趣事情似的滑溜溜地摩擦着，过一会儿，又把那两根手指拿到鼻尖前摊开，定睛注视着指腹上那因脂汗的关系正闪闪发光的指纹——以依然睡眼惺忪的眼神。然后，从闪闪发光的指纹，好像忽然想起一件事情似的抬头看看南边。

这篇文章是我十几年前写的小说《鲛人》的一节，为了说明代词的使用法是多么随意，在这里引用。当时的我，就像现在很多年轻人一样，以写有西洋味的文章为理想。因此在这文章中，也用了许多"他""使他""他的"等代词，正如您所见，用法并没有必然性。"他还在乎那臭味，或许还是个人类吧，贫穷使他堕落之后，他努力试着逐渐忘记这件事"这一处，"他"这用语频繁出现，但从"终于把雪茄换到左手上拿时"到"抬头看看南边"为止，却一个"他"也没有用。如果是英文，从"终于"开始后面应该会用到两三个第三人称代词，但日文，不管多想模仿英文，文章的体裁都不容许太频繁地使用。即使刚开始打算正确地用，但不知不觉间，又被日文固有的性质拉回来，无法模仿下去。

其次请各位试读以下古典文，对比看看。

过了逢坂①的关口之后，秋来满山红叶不容忽视，滨千鸟足迹印于鸣海潟②，富士高岭之烟，浮岛之原，清见之关③，大矶小矶④之海浦风光，紫草艳丽之武藏野草原，盐灶之和平晨光⑤，象泻渔夫之茅舍⑥，佐野之舟桥⑦，木曾之栈桥⑧，无一处不留于心中，犹想见

---

① 逢坂，位于京都与近江（滋贺县）交界处，是从京都往东国的第一个关所。
② 鸣海潟，以千鸟闻名的爱知县名胜。
③ 富士山、浮岛之原、清见之关位于静冈县。
④ 大矶、小矶，古称相模，现在神奈川县的名胜。
⑤ 盐灶，陆奥（宫城县）的名胜。
⑥ 象泻，出羽（秋田县）的名胜。
⑦ 佐野，上野下野（群马县）及信浓（长野县）的名胜。
⑧ 木曾之栈桥，木曾川上游长野县西南部盛产良质木材。

西国之歌枕①，仁安三年之秋，途经芦花飘零之难波，须磨明石海滨寒风濡湿周身，一路来到赞岐之真尾坂之林②，且植杖③留于此地。非慰枕草露宿遥远旅途之劳，乃方便观念修行之庵。邻近此乡有谓白峰④之地，据闻正是新院之墓陵所在，自当参拜为是，十月初日登其山。松柏深奥茂密，青天白云飘飞之日，亦若静飘细雨，谓儿岳之险岳耸立于背，自千仞谷底云涌雾腾，咫尺之间气氛抑郁，林木稀疏之间，土墩之上，三石堆叠，埋于荆棘薜萝之间，触目伤悲，忖度"此处应即墓所"，心中不禁黯然骚动，难分是梦是真。过往亲眼拜见时，君于紫宸殿⑤、清凉殿⑥之御座亲临朝政，百官惶恐奉诏臣服于贤君。禅位于近卫院⑦后，禁于藐姑射山⑧之琼林⑨，不料仅见麋鹿来往之路，不见前来谒见之人，竟驾崩于深山荆棘之中，"纵使万乘之君，恐宿世业障亦紧紧跟随，罪终难逃矣"，感世事之虚幻无常，不觉泪如泉涌。欲终夜供养，遂落座于墓前

---

① 因和歌吟咏而出名的各地名胜古迹。
② 赞岐之真尾坂，香川县坂出市王越町，至今仍有西行庵遗迹。
③ 植杖，《论语·微子》子路问曰："子见夫子乎？"丈人曰："四体不勤，五谷不分。孰为夫子？"植其杖而芸。
④ 白峰，位于坂出市松山町。有第七十五代崇德天皇即新院的白峰陵。
⑤ 紫宸殿，平安京内之正殿，现都御所。
⑥ 清凉殿，平安京内天皇居所。
⑦ 近卫院，崇德院之弟，即第七十六代天皇。
⑧ 藐姑射山，上皇的御所（由《庄子·逍遥游》的故事而来，指不老不死之仙人所住之山）。
⑨ 琼林，宋代朝廷赐进士宴的场所。

之平坦石上，徐徐诵经文，复恭吟和歌。

　　あふ坂の關守にゆるされてより、秋こし山の
黄葉<rt>もみぢ</rt>見過しがたく、浜千鳥の跡ふみつくる鳴海<rt>なるみ</rt>が
た、不尽<rt>ふじ</rt>の高嶺の煙、浮島がはら、清見が関、大磯
こいその浦々、むらさき艶<rt>にほ</rt>ふ武蔵野の原、塩竈の和<rt>な</rt>
ぎたる朝げしき、象潟<rt>きさがた</rt>の蜒<rt>めま</rt>がとまや、佐野の舟梁<rt>ふねはし</rt>、
木曾の桟橋<rt>かけはし</rt>、心のとどまらぬかたぞなきに、猶西の
国の歌枕見まほしとて、仁安三年の秋は、葦<rt>あし</rt>が散る
難波を経て、須磨明石の浦吹く風を身にしめつも、
行く行く讃岐の真尾坂の林といふにしばらく杖<rt>つえ</rt>をと
どむ。草枕はるけき旅路の労<rt>いたはり</rt>にもあらで、観念修
行の便<rt>たより</rt>せし庵なりけり。この里ちかき白峰といふ
所にこそ、新院の陵<rt>みささぎ</rt>ありと聞いて、拝みたてまつ
らばやと、十月<rt>かんなづき</rt>はじめつかたかの山に登る。松<rt>まつか</rt>
柏<rt>しは</rt>は奥ふかく茂りあひて、青雲<rt>あをぐも</rt>のたなびく日すら小
雨そぼ降るが如し。児<rt>ちご</rt>ヶ嶽とうふ嶮しき嶽背<rt>うしろ</rt>に聳
だちて、千じんの谷底より雲霧おひのぼれば、咫<rt>まの</rt>
尺<rt>あたり</rt>をも鬱悒<rt>おぼつかな</rt>きここちせらる。木立わづかにすきた
る所に、土墩く積たるが上に、石を三つかさねて畳
みなしたるが、荊棘葛蘿<rt>うばら</rt>にうづもれて、うらがなし
きを、これなん御墓にやと心もかきくらまされて、
さらに夢現<rt>ゆめうつつ</rt>をわきがたし、現<rt>げ</rt>にまのあたり見奉り

56

しは紫宸清涼の御座に朝政きこしめさせ給ふ
を、百の官人は、かく賢き君ぞとて、詔恐みて
つかへまつりし。近衛院に禅りましても、藐姑射山
の瓊の林に禁めさせ給ふを、思ひきや麋鹿のかよふ
路のみ見えて、詣でつかふる人もなき深山の荊の
下に神がくれたまはんとは。万乗の君にてわたらせ
給ふさへ、宿世の業といふものの、おそろしくもそ
ひたてまつりて、罪をのがれさせ給はざりしよと、
世のはかなさに思ひつづけて、涙わき出づるが如
し。終夜供養したてまつらばやと、御墓の石の上
に座をしめて、経文徐かに誦しつつも、かつ歌よみ
てたてまつる。

　　これは德川时代的文学学者上田秋成①的短篇小说集《雨月
物语》②开卷第一篇《白峰》的开头，故事主角是西行法师③，
在这里所提到的十个句子中，有五句是以西行为主语的，却完
全没有发现"西行"或"他"等可以视为主语的词。而且，因
为有"仁安三年之秋"和"禅位于近卫院"云云，熟悉历史的
人可以推测出时代来，知道"新院"指的是哪一位天皇。不过

---

① 上田秋成（1734—1809），江户后期学者，和歌作者，著有《雨月物语》《春
　雨物语》《胆大小心录》等。
②《雨月物语》，1768年上田秋成作。由日本及中国的古典转化而成的志怪小说。
③ 西行法师（1118—1190），平安末年至镰仓初期的歌僧，俗名佐藤义清。曾仕
　鸟羽上皇为北面武士。二十三岁出家，以高野山为据点，周游各地。著有《山
　家集》，《新古今集》中有九十四首，是最多歌数作者。

记载过去的事情，本以为是用"植杖""登其山""气氛抑郁""复吟和歌"现在式一以贯之，不料紧接在"植杖"之后，"乃方便观念修行之庵"却插进"なリけリ"这一过去式写法。这和英文文法中"历史现在时"（Historical Present）的用法也不同，结果是无视"时间"关系。我把秋成的这篇文章视为古典名文之一，为什么这是名文呢，容我往后再说明，现在就不多提了。只希望各位切记，像这种仿佛既不知道时间关系，也不知道主角存在的文章，才是利用我们语言特长的模范日文。

话虽这么说，我并没有完全否定文法的必要性。对初学者来说，如果认为先以西洋文法把日文组合起来比较容易记忆的话，为了一时的方便也不妨。不过，像这样总算勉强能写文章之后，接下来就不要太考虑文法了，要努力省略为了文法而加上去的烦琐语言，还原日文所特有的简洁朴素形式，这种用心也是写出名文的秘诀之一。

研磨感觉

文章要精进，不能不知道什么是名文，什么是恶文。不过，文章的好坏是"难以言传的"，就像刚刚说过的那样，是超越理论的东西，因此除了凭读者自己的感觉去了解之外，别人是无法教的。如果一定要我回答何谓名文，我首先会说：

能给人深刻印象并长久留在记忆中的文章。
重复读几次越读越有味道的文章。

这答案其实并不算答案。虽说"给人深刻印象""有味道"，但如果是没有足以感受那印象和味道的感觉的人，就完全不明白那名文的真正价值在哪里了。

虽说要回复到简单朴素的日文形式，但一味省略用语也不好。虽说不要被文法囚禁，但故意采取不规则的说法，忽视格和时态，并不一定是好事。依不同时间、不同题材，有必要作精密的表现时，也不得不使用西式语言。事先就一律断定"这样不可以""那样不行",是很危险的。

换句话说,因为并没有一定的标准可以说"名文就是具备如此这般条件的文章",所以有文法上正确的名文、超越文法规范的名文、简朴的名文、富丽的名文、流畅的名文、诘屈聱牙的名文等,真是多种多样。拥有这样的国语的我们,也可以编织出最具独创性的文体来,同时,弄不好也有沦为支离破碎的恶文的危险。而且名文和恶文之间只有一线之隔。像西鹤和近松,如果由没有独创性的人来模仿他们的文章癖性,很多情况下只能写出成为笑柄的恶文。

比如这样的文章:

　　未来世事难料,心想无时不变反为常态,去年也已过去,初霞之晨颇为悠闲,四邻树梢新芽蠢动,普天温和满心欣然,打定主意暂且离开此处一窥世态亦可修身是也,立刻走出如此难舍之窟中,并无预先想去之地,且随心所欲信步而行,正值花开时节,背负酒樽青毡来到竹林席地而坐,男女老少争先恐后聚集,樱花树下设座游乐,此景岂可只观而已,不想花事也觉羞愧,于是吟诗抒发心思,复唱歌吐露情意,引杨弓助兴,弈棋竞争,各展长才,满耳歌舞音曲,其模样难以言语形容,又从一松树隐处,现出一体态丽质之英气女子,手挽防水油布包,穿过紫藤花浪之清净岩间,来到青苔之席,于一处落座,由竹筒取出酒来，作劝醉赏花状，稍过片刻彼女掀开携来包裹，取出小春细杵，二人以手精米，又汲水，欲生火，遂拾取周边落叶，边炊煮边游戏嬉笑，愉悦饮食。

（西鹤①著《艳隐者》卷三《都之夫妇》）

行末の知らぬ浮世、移り替（かわ）るこそ変化（へんげ）の常に思ひながら、去年もはや暮れて、初霞の朝長閑（のどか）に、四隣（しりん）の梢もうごき、よろづ温和にして心もいさましげなるこそ、しばらく此所（このところ）をも去て世の有様をも窺い猶身の修行にもせんと思い、さしも捨がたき窟（いはや）の中を立出（たちいで）、 志（こころざ）して行国（ゆくくに）もなく心にまかせ歩行（あゆみゆく）に時は花咲比（はなさくころ）、樽に青氈（せいせん）かつがせささへに席を付（つけ）て、 男女（なんにょ）老少あらそいこぞり、桜が下に座の設して遊ぶに、この景ただに見てのみやあらん、花のおもはん事もはづかしなンど、詩にこころざしをのべ、歌に思いを吐（はき）、楊弓に興じ、囲碁にあらそう、思い思いの正業歌舞音曲（せいげふかぶおんぎょく）も耳に満て、その様言葉にのぶべくもあらず、又ある松の木隠（こがくれ）に、その体うるゝしき男の色ある女に、 湯単包（ゆたんつつみ）をもたせ、藤浪

① 井原西鹤（1642—1693），江户前期的浮世草子作者，相当于大众小说大师。本名平山藤五。大阪人，入西山宗因之门学谈林风，作品雅俗折衷，故事突破传统，曾创下一昼夜写出两万三千五百句的纪录，绰号荷兰西鹤。擅长描写元禄前后的享乐世界男女、侠义武士、市井町人等，作品有《好色一代男》《好色一代女》《好色五人女》《武道传来记》等。

61

のきよげなる岩間づたへに青苔の席をたづねて来り
しが、とあるところに座して、竹筒より酒を出し、
酔いをすすめて花見るさま也、時へて後彼女にも
たせし包物を明て、ちいさき臼、細やかなる杵を取
出して二人の手して精げるが、また水を汲、火をき
りなンどして、あたりの散葉拾ふて、炊揚つつ、た
はふれ笑ひ、たのしげに食ふ、　（西鶴著　艶隠者巻
之三　「都のつれ夫婦」）

　　充满难以言喻的色香且如此有特色的文章也很少见。这和
秋成的文章比起来，语言的简略，用字遣词的选择，所有特点
都更超越文法规范。其实，西鹤的文章只要读五六行就很容易
鉴定出是他的手笔，特色之浓一目了然。老实说，正因为是西
鹤，所以才能称得上名文，如果走错一步，可能就会成为非常
恶劣的恶文。而且所谓一步之差，终究是口头无法说明的东
西，各位只能自己去感觉和体会，没有别的办法。
　　其次，下面所举的例子是森鸥外①《即兴诗人》②的一节，
和西鹤的文章又是完全不同的类型，直爽、没有癖好的写法，
这样的文章也正是名文之一。

---

① 森鸥外（1862—1922），本名林太郎，别号观潮楼主人。生于岛根县津和野。
　 东大医科出身。成为军医，赴欧留学。主要作品有《舞姬》《雁》《阿部一族》，
　 由德语翻译《即兴诗人》。
② 《即兴诗人》，丹麦作家安徒生（1805—1875）的作品，描写意大利罗马附近
　 一个少年的故事，出版于1834年。森鸥外从明治二十五年开始翻译，历经九
　 年完成，形成所谓雅文体的崭新文体。

忽然有一弗拉斯卡蒂①农家妇人装扮的老妇出现在我眼前。她的背直得出奇。脸色黑得醒目，可能因从头上披垂到肩部的长白纱的缘故吧。皮肤多皱，纹缩如网。黑眼珠仿佛要填满眼眶。老妇刚开始微笑着看我，俄而严肃起来，凝神打量我的脸，令人怀疑是倚在旁边树上的木乃伊。过一会儿说："花拿在你手上也会变美丽。你眼中有福星。"我把正在编织的花圈，抵着我的嘴唇，惊讶地注视那边。老妇又说："那月桂之叶，虽美却有毒。编花圈不妨。但别碰嘴唇。"此时安吉丽卡从围篱后面走出来说："聪明的老妇，弗拉斯卡蒂的芙尔伊雅。您也在为明天的节日准备编花圈吗？不然您为何在这日子进入坎帕尼亚②，做不寻常的花束呢？"老妇被这样问，头也不回只注视着我的脸，继续说："聪明的眼睛。诞生于太阳过金牛宫时。于名于利皆与牛角有关。"此时母亲也走过来说："吾儿该受领的，是黑衣大帽，往后，该焚护摩木服侍神明，抑或走荆棘之道呢，就任由他的命运安排吧。"老妇听后，了解母亲之意是想让我入僧门。我记得这件事情。

---

① Frascati，位于罗马附近的小镇，产白酒闻名。
② Campania，意大利坎帕尼亚大区，首府为那不勒斯。

忽ちフラスカアチの農家の婦人の装したる 媼 あ
りて、我前に立ち現れぬ。その背はあやしき迄直な
り。その顔の色の目立ちて黒く見ゆるは、頭より肩
に垂れたる、長き白紗のためにや。　膚の皺は繁く
して、縮めたる網の如し。黒き 眶 はを塡めむ程な
り。この媼は初め微笑みつゝ我を見しが，俄に色を
正して、我面を打ちまもりたるさま、　傍 なる木に
寄せ掛けたる木乃伊にはあらずやと、疑はる。暫し
ありていふやう。花はそちが手にありて美しくぞな
るべき。彼の目には 福 の星ありといふ。我は編み
かけたる環飾を、我が唇に押し当てたるまゝ、驚き
て彼の方を見居たり。媼また日く、その月桂の葉
は、美しけれど毒あり。飾りに編むは好し。唇にな
当てそといふ。この時アンジエリカ 籬 の後 より出
でゝいふやう。賢き老媼、フラスカアチのフルヰ
ヤ。そなたも明日の祭りの料にとて、環飾編まむと
するか。さらずば日のカムパニヤのあなたに入りて
より、常ならぬ花束を作らむとするかといふ。女は
かく問はれても、顧みもせで我面のみ打ち目守り、
詞を続ぎていふやう。賢き目なり。日の金牛宮を過
ぐるとき誕れぬ。名も財も牛の角にかゝりたりと
いふ。この時母上も歩み寄りてのたまふやう。吾子
が受領すべきは、　緇き衣と大なる帽となり、かくて

64

後は、護摩焚きて神に仕ふべきか、棘^{いはら}の道を走る
べきか。それはかれが運命に任せてむ、とのたま
ふ。媼は聞きて、我を僧とすべしといふ意^{こころ}ぞ、と
は心得たりと覚えられき。

如果说西鹤的文章是朦胧派，那么森鸥外这种文章就属于
平明派了。

每一个细节都清清楚楚，没有一点暧昧的地方，文字的使
用法正确，文法也没有错误。但是，这样的文章要是不高明的
人模仿，会变成平凡无味的文章。有癖好的文章，那癖好反而
成为容易吸引人的可取之处，巧妙的地方也因而容易被注意
到。然而平明的东西，猛一看并没有出奇的地方，所以难以模
仿，初学者很难看出什么地方有味道。

德川时代贝原益轩的《养生训》和新井白石的《折焚柴
记》之类，就属于平明派。虽然被教科书选为读物，但那样的
文章是作者的头脑、学识、精神的光辉，体会不到的人是无法
理解那风格的。

总而言之，所谓文章的味道，就像艺术的味道、食物的味
道一样，鉴赏时，学问或理论都不太能帮上忙。例如看舞台上
演员的演技，能看出巧拙之分的，并不限于学者。这需要对戏
剧感觉敏锐，与其研究上百部美学和戏剧理论，不如"感性"
第一。

此外，要品尝鲷鱼的美味，如果说一定要先做这种鱼类的

科学分析，一定会让大家笑话。事实上，像味觉这样的东西，是不分贤愚、老幼、学者、非学者的；品味文章也一样，要仰赖感觉的地方很多。

然而，感觉这东西，天生就有敏锐和迟钝之分。味觉和听觉尤其是这样，被称为音乐天才的人，没有谁教，但听过某一个音就能感觉到那音色，分辨出那音程。舌头发达的人，吃了已经分不出原材料的加工烹调菜肴，也能说中是用了什么材料。

此外，就像有人对气味感觉敏锐，有人对色彩感觉敏锐，也有人对文章天生感觉敏锐，就算不知道文法和修辞学，也自然能体会到文章的妙味。

在学校里，往往有些学生其他学科成绩并不特别好，理解力也比一般人差，然而上和歌和俳句的课时，却能闪烁出比老师更灵光的洞察力，此外，在学习文字和背诵文章时，也显示出超常的记忆力。像这样的情况，就是先天具备对文章的感觉。不过，如果要说这既然是与生俱来的能力，那么后天不管怎么努力都没有用了，倒也不然。

偶尔也有非常缺乏感觉性素质的人，经过不断地修炼依然没有进步，不过大多数人凭用心和修养，可以把天生迟钝的感觉磨练得敏锐起来，而且经常是越磨练，越发达。

那么，要怎么做才能把感觉磨练得敏锐呢？

尽量多读好作品，一再重复阅读。

这是第一重要的，其次：

　　自己试着写写看。

这是第二步。

上述第一条件，并不限于文章。所有的感觉都是在无数次重复中逐渐变敏锐的。例如弹三味线，调整三根丝弦的调子，第一根、第二根和第三根弦的声音要调得和谐，有必要转紧或放松，天生听觉敏锐的人，不教也会，但大多初学者却不会。换句话说，他们听不出音调准或不准的区别；于是开始学的时候，都先由老师代为调好弦才弹，等到渐渐听惯了三味线的声音，开始分得出声音的高低以及是否调和，大约一年之后，自己也学会调弦了。这是因为每天反复听着同样的丝弦音色，对乐音的感觉不知不觉间已经变敏锐——耳朵"养肥"了。因此老师在学生自然领会的时机来临之前，总是默默帮学生调弦，也不多谈理论。因为知道说了也没有用，反而只有妨碍而已。

正因如此，自古以来，舞蹈和三味线的学习，据说长大才学就太迟了，都要在未满十岁，最好是四五岁时就开始学。因为大人没办法像小孩那样无心，凡事都谈理论，不想脚踏实地反复练习，只想用理论帮助记忆，快速学会，这反而妨碍了进步。

这么说来，要磨练对文章的感觉，从前寺子屋私塾式教授法是最适合的，其中的理由您应该可以理解了。不讲解，只让学生反复音读或背诵的方法，好像是非常需要耐心的、迟缓的方法，其实这才比什么都有效。

话虽这么说，以今天的时势，要照这样实行可能有困难，但至少各位在这样的用意下，尽量多读自古以来的所谓名文，反复重读。虽然有必要多读，但不宜一味贪多、流于乱读，不如同样的文章反复读很多次，直到可以背诵的地步。即使有意思不懂的地方，也不必太在意，只要到模糊了解的程度就可以继续读下去。这样逐渐研磨感觉，就渐渐能体会到名文的味道，同时，本来不太懂意思的地方，也会像天色慢慢从黑夜到微微亮起的黎明那样，开始释然。换句话说，在感觉的引导下，开始领悟到文章之道的奥义。

但是，要让感觉磨练得敏锐，除了阅读别人的文章之外，没有比常常试着自己写作更有用的了。尤其是要以文笔立身处世的人，除了多读还要多练习写才行。我要说的倒不是这个，而是就算站在鉴赏者立场上也一样，为了磨练更高的鉴赏眼光，还是有必要自己实际创作试试。

就以前面所举三味线的例子来说，没有实际拿过那乐器的人，实在很难理解到底弹得好不好。虽然重复听多次以后也能渐渐听得出来，不过耳朵要练到这么"肥"的地步，要花掉几年时间，进步很慢。然而如果能亲自学习弹三味线，就算一年半载也好，却能明显增进对声音的感觉，鉴赏力立刻提升许多。舞蹈应该也是这样，一个完全不会跳舞的人要知道跳得好还是坏，并不那么容易，然而一旦自己也学了，就看得出别人跳得是巧是拙了。

此外，做菜也一样，自己去买过菜、亲自下过厨、拿过菜刀、烹调过的人，比起只会吃的人，味觉的发达一定遥遥领先。

另外，这是我从画伯安田靭彦那里听来的，有一次画伯说，世上有一种叫做美术评论家的人，每年展览会季节一到，就会对出品的画作东评西评，在报刊上发表意见，但据画伯长年经验，这些批评从画家眼里看来，都没有说中真正的要害，不管褒奖或贬低的地方，都没有抓住要点，所以画家并不心服口服，或者不足以得到启发。相反地，画家同行之间的批评，的确是知道此道辛苦的人所说的话，因此能挑出外行人看不到的弱点，也能确切举出长处，自然有很多值得倾听的地方。

关于剧评家，也可以说和这类似，演技艺术的真正好坏，唯有经历过无数舞台的演员，才比谁都清楚。我在自己的戏剧作品上演时，曾经和一流歌舞伎演员交谈过几次，他们多半没有受过高等教育，也没有学过近代美学理论，但长久下来不知不觉间也体会到批评家所说的道理，对脚本的充分理解往往让我十分佩服。

虽然演员的头脑不适合记忆系统化的学问，但因为他们累积了感觉上的修行历练，因此可以嗅出所谓戏剧的神髓。然而，刚从学校毕业的年轻剧评家，因为缺乏这方面的修行，分不出技艺好坏，因此也不懂戏演得如何。那么该怎样才能理解戏剧呢？要从理解舞台上演员的一举手一投足、每一句台词的唱腔科白等的巧拙开始，因为一旦离开这种感觉性要素，戏剧就不存在了。

在都会长大的妇女、小孩和市井小民，从小就经常看戏，接触名演员的演出，磨练过感觉，因此往往可以说出令行家点头的中肯批评。

不过，各位之中或许有人心存怀疑。这么说是因为，所有的感觉都是主观的，甲所感觉到的和乙所感觉到的几乎不可能完全一致。每个人都各有好恶，甲喜欢清淡口味，乙则欣赏浓烈滋味。就算甲和乙都拥有不落人后的敏锐味觉，但甲认为珍贵的美味，乙并没有太大感动，有时候甚至觉得难吃。假定甲和乙同样感觉"好吃"，甲主观上所感到的"好吃"和乙主观上所感到的"好吃"，到底是不是相同，也无法证明。

那么，如果在动用感觉鉴赏文章时，要判断是名文或恶文，终究离开个人主观就不存在了吗？有人不免产生这样的疑虑。

没错，确实是这样，不过对怀有这种疑虑的人，我想举以下事实来回答。

我的朋友中有一位在大藏省上班的官员，听他说，每年大藏省都会举行日本各地酿酒的品评会，根据味道好坏分出等级。评分方式，据说是聚集许多鉴定专家——试着品尝之后投票决定的。不过因为有几十种、几百种酒，所以意见可能会相当有分歧，但据说事实并非如此。

各鉴定家的味觉和嗅觉，要从那么多酒中选出品质最醇的一等好酒，却往往正巧一致，投票结果揭晓时，甲鉴定家给最高分的酒，乙和丙鉴定家也给最高分，据说不会像外行人那样意见分歧。

这个事实，说明了什么呢？

感觉未经磨练的人之间才会有"美味""不美味"不一致的情形，磨练过感觉的人之间则不会相差太大。

也就是说，所谓感觉这东西，在经过一定磨练之后，各人对同一对象会产生同样的感觉。

因此，感觉才有必要磨练。

不过，文章并不像酒和饮食那么单纯，因此喜好会因人而异，但在专家之间都偏向一方的情况，也不是完全没有。

例如像森鸥外这样的大文豪，又是学者，但不知道为什么并不欣赏《源氏物语》。证据在于，过去他在为与谢野夫妇口译《源氏物语》的序文中婉转述说："我每次读《源氏》，常感觉有几分困难。至少那文章没办法很顺利地进入我的头脑。那究竟真的是名文吗？"

然而，对《源氏物语》这样可以视为我国文学圣典的书籍，写出这样冒渎之语的人，难道只有鸥外一个吗？其实不然。毕竟，《源氏》这样的书，自古以来毁誉褒贬就特别喧腾。与之并称的《枕草子》，大体上有一定的好评，没有恶评，然而《源氏》方面，被说内容和文章都不值一看、支离破碎、读来令人困倦等，这类露骨评语从古到今未曾断绝。而且，这样说的人，一定都是喜欢汉文趣味胜过和文趣味，相较流利文体更偏好简洁文体的人。

确实，我国古典文学之中，《源氏》是最具代表性的作品，因此不仅日语的长处发扬无遗，同时也一并具备许多短处，因此喜爱男性化、简洁有力、声韵美好的汉文语调的人，会感觉那文章有点不干脆，拖拖拉拉似的，什么事情都不清楚明说，只以模糊的朦胧表现法，令人感觉意犹未尽。因此，我可以这样说，同样喜欢喝酒的人，有喜欢甜的人和喜欢辣的人，文章之道也一样，可以大致分为喜欢和文脉的人和喜欢汉文脉的人。换句话说，这就是对《源氏物语》的评价好坏有别的原因。

这种区别在今天的口语体文学中也存在，即使是言文一致的白话文章，试着仔细吟味时，却也可分为传达和文般温柔婉约感觉的文章和传达像汉文那样的铿锵味道的文章。如果要举具体显著例子，泉镜花、上田敏、铃木三重吉、里见弴、久保田万太郎、宇野浩二等诸家属于前者，夏目漱石、志贺直哉、菊池宽、直木三十五等诸家属于后者。其实，和文之中也有像《大镜》《神皇正统记》《折焚柴记》那样简洁雄健的系统，因此也可以把这两派称为朦胧派和明晰派，绵延派和简洁派，或者流丽派和质实派，女性派和男性派，情绪派和理性派等，有各种称呼方式，最干脆的称法，是《源氏物语》派和非《源氏物语》派。

这与其说是感觉的相异，不如说也许稍微潜藏着某种体质性的原因，也就是说，在文艺之道上精进的人，细查之下，大概都有几分偏向某一方。至于我，以酒的偏好来说喜欢辣的，但文章却喜欢甜的，属于《源氏物语》派，虽然年轻时曾经对汉文风格的写法感兴趣，但随着年纪渐渐大了，对自己的本质有明确自觉之后，偏向渐渐变得极端起来，实在没办法。

话虽这么说，感受性最好还是尽量放宽、加深，公平才好，不宜强行偏向一方，不过相信各位在广为涉猎、大量创作之中，可能就会自然地发现自己的倾向。这时候，不妨尽量选择适合自己倾向的文体，以期在该方面力求精进，才是上策。

三　文章的要素

文章有六个要素

正如前面一再说过的，要学文章，实际练习是第一重要的，理论不太有用。因此，以几个要素来分别讨论，似乎也于事无补。但不这么做就违背写这本书的旨趣了，于是我试着设定下列项目，把以上所述再详细说明一下。

首先我把文章的要素分为以下六点：

　　一　用语
　　二　调子
　　三　文体
　　四　体裁
　　五　品格
　　六　含蓄

不用说，这绝对不是严密的分法，此外，这些要素应该也不能互相断然区别开，六种要素分别都含有其他五种，互相紧密关联，因此要——完全分开说明，其实并不可能。那么，在说明其中一个要素时，经常会同时带到其他五个。

此外，这六要素中的后四项，也就是文体、体裁、品格、含蓄，是我个人相信只有日文才有的特色。

用语

一篇文章是由单词构成的，因此不用说，单词选择的好坏是文章好坏的根本。关于选择方法，在这里提出我的心得。

总归一句话：不要标新立异。

这点若再详细说明，可以分成以下几点：

一　选择容易懂的词。

二　尽量选择自古以来大家用惯的古语。

三　找不到适当古语时，可以用新词。

四　即使古语和新词都找不到，也要避免造词——自己创造新奇用语。

五　有根据的语言中，与其引用罕见的、难解的成语，不如采用听惯的外来语或俗语。

本来，要表现一件事情，有几种意思相同的用语可以选择，也就是所谓同义词。有必要尽量多了解同义词。最好能多读书，多记单词，存进随时可以拿出来用的记忆宝库里。不过除非记忆力相当好，否则很难在该用的时候从无数同义词中找出适当的来用，因此备有同义词辞典或英和辞典之类的放在身边就很方便。辞典在查证自己熟知却一时想不起来的词时很好用，但对于自己不熟悉的语言或世间不通用的困难文字，不管辞典上有没有，除非不得已，都应该避免使用。

此外，以为只要翻辞典就什么字词都可以找到的想法也是错的。不要忘记，辞典所没有刊载的俗语、隐语、方言、外来语、新词之类，有时也是很适当、让人感觉很生动的语言。

假定各位想表达"散步"的意思时，只要写"散步"就行，但在写"散步"之前请试着查一下所谓"散步"的各种同义词。于是目前可以想到的用语有：

散步

散心

漫步

蹒跚地走

拄杖而行

随意走走

游步（法语 promenade）

这时各位会想，这些同义词中哪一个最适合现在的情况，然后做出选择。

散步只不过是一个例子而已，牵涉到细节时，选哪一种似乎都没太大差别。不过在词汇量少的日语中，光说到"散步"这么简单的事，都可以立刻想到七个同义词，可见所谓同义词真是出乎意料地多。因此，要从无数同义词中当场选出最恰当吻合的用语，绝对不是一件简单的事情。所谓某种"错过此语再无他话"的情况是极为明白、丝毫不需要犹豫的，不过通常都有两三种相似的用语，因此往往难以取舍。

　　然而，在这种情况下，请各位仔细看看这两三种类似的用语，如果你认为用哪一种都一样，没什么差别，那么十之八九，你对语言和文章的感觉很迟钝。

　　关于这点，我想到法国有一位文豪说过类似的话，"一个地方最适合的用语只有一个"，各位不妨好好体会一下，这里所谓最适合的用语只有一个，那么，有数个相似的词的情况下，如果认为哪一种都一样，表示你的想法还不够致密。如果再深入想想，仔细推敲，一定会知道某一个词比其他词更适切。

　　即使像"散步"这么细微的事情，"散步""散心"和"蹒跚地走""随意走走"等，不可能每个都完全一样。有时候"散心"比"散步"合适，有时候"随便走走"更贴切，如果对少数用词的差别都粗心大意、感觉迟钝的话，是写不出好文章的。

　　那么，某一种情况下，某个词比其他词更适当的说法，是根据什么决定的呢？这很难说。

首先，必须为自己脑子里的想法选出最正确吻合的说法才行。如果先有想法再找到语言，是最理想的顺序，然而实际上不一定会这样。相反，也存在先有语言，然后为了符合该语言而整理出想法的情况，以语言的力量引出思想。大体上，除了学者论述学理之外，普通人对自己想说的事的细节到底是什么，往往自己都摸不清楚。于是，有些美丽的文字组合或痛快的语调便先在脑子里浮现出来，因此试着用用看，从而开始动笔写出来，不知不觉间完成了一篇文章。换句话说，最初所用的一句话，往往定下了思想的方向，支配了文体和文章的调子。

例如，假定写的不是"漫步"而是"漫无目的地走着"，就会被这牵引着，文体往和文调走，如果用"游走"（promenade）则会往时髦的文章发展。不，何止这样，也许说来奇怪，不过小说家在写小说的时候，偶然用的一句话，甚至会把文章往不同于最初计划的故事方向扭转。说真的，许多作家并不是一开始就拥有清楚的计划，而是写着写着，所用的语言、文字和语调成为机缘，使作品中的性格、事象、景物等，自然而然开始形成具体形态，终于浑然完成故事的世界。

我曾听人说，意大利文豪加布里埃尔·邓南遮上了年纪后还经常读辞典，遍览各种词，并从这些词中获得作品的创意灵感。以我自己的经验来证实，这应该不假。我年轻时的作品中有一则小短篇《麒麟》，最先在我脑子里浮现的与其说是内容，不如说是"麒麟"这标题的文字，然后从这文字产生联想，发展成那样的故事。因此，说起来一个词的力量是非常伟大的，古人认为语言是有灵魂的，取名为"言灵"也不无道理。如果以现代语来说，这可称为"语言的魅力"，语言的一字一句各有生命，人类在使用语言的同时，语言也在驱使人类。

这样想来，相信您也知道，要确定一个用语适当不适当，必须动用相当复杂的思虑。换句话说，并不单纯是意思正确、思想吻合的问题。有时候让思想配合语言整理出头绪固然聪明，有时候却不得不警戒，不要让语言使用过度，以致扭曲了思想。

可见，语言不仅影响局部地方，还会波及文章整体，因此要不断注意整体的协调，考虑调和不调和，把前面所述六个要素，也就是用语、调子、文体、体裁、品格、含蓄全部计算在内，才能确定是否合适。

在这点上，语言运用得巧妙的，有志贺直哉的短篇《万历赤绘》的开头：

据说京都的博物馆中有一对万历的<u>美好</u>花瓶云云

京都の博物館に一対になった万暦の<u>結構な</u>花瓶
がある云々

这里用了"結構な"（美好、不错）这个形容词。在这一场合，如果要夸奖这个花瓶，可以用"可观的""华丽的""艺术的"等词，但无论用哪一个，终究不及"結構な"一词所包含的宽广和深厚。这用语除了适切道出花瓶的美之外，同时也拥有暗示全篇内容和趣向的宽容度，真是发挥了很好的作用，从这种简单的用语，也能窥视出手腕的高下。

自古以来就有雕琢文章、推敲词句的说法，这多半是指在单词的选择上也煞费苦心。我从事此道几十年来，依然经常为字句的取舍而左右为难，和年轻时一样感到辛劳。

和年轻时候不同的只有，以前是被语言的魅力所吸引，被语言所驱使而不厌其烦，现在则更知道约束控制自己，尽量化被动为主动，努力去驱使语言。毕竟因为年轻时代过于受西洋的影响，不喜欢语言中留下暧昧不明的阴影，于是一味往致密、清晰、新鲜、刺激的方向表现，拼命选择能够引人注目的显著文字来用，后来渐渐觉悟到这种写法是卑下的。现在相反，尽量把意思以含蓄的方式来表现，去掉异色，达到还原本色的结果。

接下来我将最初列举的项目说明如下：

一　选择容易懂的词

这是用语的根本原则，所谓容易懂的词，当然也包含文字在内。

我要特别强调，这原则重要的地方在于，谁都可以明明白白地理解。因为现在阿猫阿狗都想装知识分子，本来简单的用语就说得通的事情，却故意用难懂的迂回表现，这种恶劣风气相当流行。从前，唐朝大诗人白乐天有一段逸事，据说他作的诗在公开之前，会先把草稿读给没有读过书的老爷爷老奶奶听，如果有他们不懂的字词，就会毫不犹豫地改用比较平易近人的字词，这是我们从少年时候就常常听说的有名故事，然而现代人把这白乐天的用心忘得一干二净了。总之，一心想炫耀自己多有学问、知识，头脑多灵光，又想创造前人没用过的新词，好像只有自己最伟大似的——这种标新立异的毛病必须改掉。

二　尽量选择自古以来大家用惯的古语

在这里所谓的古语，是指明治以前流传下来的用语，相对地，把明治以后，西洋文化传入之后才出现的用语称为新词。古语中也有从往昔神话时代就有的词，以及德川时代才造出的比较新的词等，各种类别之中，现在依然在使用的最好，任何地方任何人用都没问题，误用和误解的顾虑最少，因此最符合容易懂的原则。

如今因为教育普及，无论去到任何偏僻地方，都没有说不通的新词，不过所谓新词，很多是从西洋语翻译而来的，因不同的人、不同的时代，翻译法也各有不同。例如明治初年，曾经把哲学称为"理学"，今天如果提到理学，则可能意味着物理学之类的学问。

此外，从英语"civilization"翻译而来的"文明"，在如今有点过时，从德语"kultur"翻译来的"文化"则成为流行的用语，意思虽然有些差异，但大多场合都不说文明而说文化。相当于英语"idea"的用语，也有"观念""概念""理念""意念""心象""意象"等各种说法。

还有以前所说的"检查""调查""研究"等，今天可以说成"研讨"。"魁"或"先头"可以说成"尖端"。"锐利"或"敏锐"说成"尖锐"。"理解"或"谅解"说成"认识"。"总决算"或"总结"说成"结算"。

既然我们生活在现代，似乎只要用现代语就行了，然而日本的流行变得特别快。当一个新词好不容易传到乡间港边，都会中又已经产生第二、第三种新词了。这种语言变迁之多，以我所知就数也数不清。然而，文章未必是只给现代人读的，也未必只以都会知识分子为对象。可能的话，希望无论是后世的人，还是穷乡僻壤的老翁老妇都能读得懂，那是最好不过了。变迁激烈且因人而异的说法，还是尽量不用比较好。

其次，自古以来用惯的词汇中，也分日语系统和汉语系统两种，而且我建议，不妨尽量多采用不需要困难汉字的日语系统词汇。关于汉语和汉字的问题，将于下一个项目概括叙述。

三　找不到适当的古语时，可以用新词

所谓新词也有很多种，其中有些几十年来已经用惯，几乎普及得与古语没两样了，这些我想还不至于不适应。但有些是最近才出现，几乎只有大都会的小部分人才用的那一类，而且到底会不会普遍流行也不确定，这种词最要不得。例如几年

前，某报纸把当时美国的流行语"乌皮①"引进来想造成流行，却未如预期，并没有广为流传。像这样寿命很短的新词非常多，因此如果以为新鲜就盲目使用，只会徒然暴露自己人格的轻率而已。

但是，新词之中，也有许多是在进步的现代社会机制中，在理所当然的要求下应运而生的，古语中并没有它们的同义词，因此除了使用之外别无选择。简单来说，例如"飞机"这个词，以前的语言中应该没有可以代替的用语，因此无论如何都不得不使用。此外，近代科学文明所产生的所有熟语、技术用语、学术用语等，都算在内，像"组织""体系""有机的""意识形态"等，同样都没有适当贴切的古语可以代替。

不过，我在这里要特别提醒各位注意的是，找不到适当的古语，才开始用新词，不要忘记能用古语就尽量用古语的用心。

因为，怀着这用心在实际执笔时，不必用到新词的情况比刚开始想象的要多。例如现在说的"组织"，也能用"结构""装置"或"组合"，真正非要用"组织"不可的情况，说起来并不多。

此外，有时不说"意识"，而说"知道""感到""发现"也可以。"概念"和"观念"等，只说"想法"也能了解。

---

① whoopee，狂欢，喝酒欢闹。

我意识到他在看我。

他有意识地反抗。

他没有所谓国家这个观念。

像这样的文章，可以分别改成：

我知道他在看我。（或感觉到，发现）

他故意（或刻意）反抗。

他（头脑中）没有国家这个想法。（或他没有考虑国家这个问题。）

这样的话，可以让更多人容易了解，而且感觉容易亲近。

当然，"知道""发现"等词，并不能直接代替"意识"。还有"想法"，也不能直接变成"概念"和"观念"的同义词。这些新词被造出来，自然有它的理由，因此严格来说显然没有可以代替的古语，但问题是，没有特别要求理论和事情的正确性时，有必要每个词的内容都限制得这么细微、狭窄吗？

确实，"我意识到他在看我"的说法，用"知道"来说的话，意思有几分模糊。但"知道"一词中含有"意识"的语义，所以写成"知道"，读者也能领会到"意识到"的意思，实际上应该没有任何妨碍。不但如此，各位请回想我在前面说过的，也就是文章的诀窍在"知道语言和文字能表现出来和不能表现出来的极限，不要超越那极限"。如果各位无限地追究意思的正确和细致，结果可能没有任何词可以满足您。因此，与其如此，不如采用意思多少有点模糊的用语，剩下的就留给读者去想象和理解，反而比较明智。

毕竟，现代人想创造过多不必要的新词，是因为有汉字这样宝贵的文字，反而成了一种麻烦。

汉字和"假名文字"以及 ABC 那样的表音文字不同，每一个文字都代表一个意思，所以在造新词的时候，没有比这更方便的文字了。例如留声机，英语是"phonograph"（记录声音的机器）或"talking-machine"（说话的机器），而日语把这称为"留声机"（蓄音機），真是巧妙。只有三个字，而且比英语更能完全说明留声机是什么样的东西。此外英语把电影称为"moving-picture"（会动的画），简称为"movie"，但"movie"这个用语和字母完全没有意思，所以就算写出"movie"来表示，不知道的人还是不知道什么意思。然而如果说成"活動寫眞"，或"映畫"，几乎已经说明那东西的实体和用途了。这都是托汉字的福，如果不想象汉字的话，光从"チクオンキ"（留声机）、"カツドウシヤシン"（活动写真）、"エイガ"（电影）的语音无法想象出是什么，就算去思考，也只不过是没有意义的声音的连续而已。

因此，我们从明治以来，在输入西洋的学问、思想和文物时，翻译各种技术用语、学术用语之际，能不感到困难，完全是因为有这宝贵的汉字可以运用。但同时，我们过分依赖汉字的长处，却忘记语言是一种符号，把复杂而分歧繁多的各种内容，装进两三字的汉字中。例如留声机"蓄音機"和电影"映畫"，当然与其用假名，不如用汉字更能充分表达这东西的性能，然而这样一来，对还不知道这些事物的人来说，除非用图解更详细地说明，或把实物给他们看，否则终究不明白是什么东西。这样看来，这些名词也只不过是知道的人之间通用的符号而已，不一定要在两三字中把那物品的性能完全道尽。我们现在把有声电影称为"トーキー"（to-ki-），是因为直接输入美国"talking-picture"（说话的图画）的简略说法，会英语的人多少可以想象，但对不懂英语的人，则是完全没有意义的语言。虽然如此，"トーキー"这用语已经传遍大城小乡，谁都知道是什么了。

此外像"タキシー"（taxi，计程车）、"タイヤ"（tire，轮胎）、"マツチ"（match，火柴）、"テーブル"（table，餐桌）、"ダイヤモンド"（diamond，钻石）等外来语，对日本人来说全都是没有意义的发音组合，虽然如此，实际使用上却没有任何妨碍。毕竟，名词就和人的名字一样，只要具有能称呼的约定语的功能就够了，既然是约定语，同一种东西如果有几个称呼法也麻烦。然而现代人忘记了这简单的道理，还被汉字囚禁，结果是对"观念"不满意就改用"概念"试试看，又不满意再用"理念"说说看，就这样创造出一个又一个新词。学者在传述自己的学说时，尤其想显示自己的见识，忌讳使用现成的用语，更苦心想出独特的字面，因此竞相发明出各种新的汉字组合。

在这样的情况下，所谓新词，大部分是由两个或三四个汉字的结合所形成的和制汉语，再加上以前就有的汉语，今天世间所使用的汉字数目，想必比想象中要多。依我所见，即使在汉学兴盛的德川时代，能作汉诗汉文、说汉语的人士，毕竟还在少数，一般说来还是通俗的日式说法比较盛行。直截了当地说，比如官员的名称，就不用"内阁总理大臣""警视总监"之类的困难说法，而用"老中""若年寄""目附"等，嫌疑犯称为"お尋ね者"。其实我还记得小时候，巡警称为"お巡り"，汽船称为"川蒸気"，火车称为"陆蒸気"。由此可见，今天的人，不仅文章，连日常会话都夹杂汉字说的情况真的很多。最滑稽的例子是，有一次我去看牙医，一位年轻医师一面帮我看诊，一面说到"dako"。刚开始我听不懂什么是"dako"，因为他一直"dako、dako"说个不停，我渐渐试着想想，原来是"唾壶"，要我把唾液吐在壶里的意思。通常这种情况，专门的医师也用"痰吐き"这样通俗的说法的话，也许会觉得有失体统吧。

还有一次我在乡间旅馆留宿，掌柜的出来招呼时，话中频频夹着"hekan、hekan"的用语，我听着像"heka"，因此更不明白是什么意思，其实是"弊馆"，也就是表示"自己的"或"我们旅馆"的意思。这么说来，大体上东京大阪等大都会的人，都会用平易的、有味道的说法，越是乡下的人，则多会用生硬的汉语，不知道为什么。或许因为在都市人面前说话时，刻意尽量不要露出地方口音吧，不过也不尽然。例如在中国^①地方，"鸡"不念作"niwatori"，而念作"kei"。"马铃薯"不念"jagaimo"而念作"bareisho"。还有数字的算法，不说"一つ""二つ"，而说"一個""二個"，我想只有乡下人才会这样。

对于这件事，我常常觉得很奇怪，今天一方面鼓励限制汉字的使用，并积极推行罗马字的普及运动，于是为政者、教育家都承认让儿童记忆汉字给他们造成很大的痛苦，又浪费时间和精力，因此继续采取努力减轻负担的方针；但另一方面，"唾壶"式汉字新词的流行，似乎又和时势逆行，真令人感觉矛盾。事实上，今天的和制汉语，不免或多或少都陷入"唾壶"式的滑稽状态中，这时候，我不只在说新词，对古语也一样，希望各位尽量少用汉语式的说法，多回归温柔的固有日语。那么就要养成音读的习惯，离开文字，养成只用耳朵去理解的习惯，这也是一个方法，前文已经述说过了。

没错，在造成语时，汉字确实是珍贵的宝贝，不过另一方面，以日式说法也能表达各种意思，这一点，像"大工"（木匠）、"左官"（泥匠）、"建具屋"（建材行）、"指物師"（木雕家具师）、"耗師屋"（漆器师）、"表具屋"（裱褙店）这类工艺职人的技术用语，大可供我们参考。例如请听听木工所用的"ウチノリ"（内侧距离）、"ソトノリ"（外侧距离）、"トリアイ"（调和）、"ミコミ"（测深）、"ツラ"（表面）、"メジ"

---

① 中国地方，指日本中部山阳山阴地带，包括鸟取、广岛、冈山、山口、岛根五个县。

（接缝）、"アリ"（锲形结合）之类，还有建材行、木雕家具师所用的"一本引キ"（单推拉）、"引キ違イ"（多槽推拉）、"開キ戸"（平开门）、"マイラ戸"（带窗棂的拉窗）、"地袋"（地柜）、"天袋"（顶柜）、"ハシバメ"（榫）、"鏡板"、"猫脚"、"胡桃脚"之类的用语，很简洁，其中有些发音连要配什么汉字都不清楚。这样实际上也没有任何不方便，相当够用，从这点看来，日语其实是效用比想象广且巧妙的语言，现在才知道真是太晚了。那么，如果我们学会这些师傅的用语，把"社会"说成"世の中"，"征候"说成"きざし"，"预感"说成"蟲の知らせ"，"尖端"说成"切つ先""出ッ鼻"，"剩余价值"说成"差引"或"さや"，而且世间一般人都乐意这样用，让这些用语拥有新味道，那么我们就真的大可不必再麻烦到汉字了。

四　即使古语和新词都找不到，也要避免造词——自己创造新奇用语

这应该已经不用再说理由了。

如果各位想陈述过去所没有的新思想或事物，不要勉强造出符合的词，不如结合几个原有的字词，以句子来说明就好。

总之，多花费些用语可以说清的事情，不宜试图缩短成两三个汉字。虽然不用多余的字句是写作名文的条件之一，但不能因为这样，连必要的字也省略掉，不但没有把要说的事交代清楚，文品也变得卑下。

文章在以简洁为贵的同时，也要无意间流露出悠闲自在的余裕，才是上乘之作。近来人们可能因为讲求节奏和速度，弄得心浮气躁，完全忘记所谓"余裕"这件事了。奇怪的新词之所以流行，这种风潮可能也是原因之一，不过当我听到"待望"这个词时，就不禁想起面对饭桌坐着，一边膝盖已经半立起来，急忙把饭囫囵吞下去的人的卑下姿态。所谓"待望"可能是把"期待"和"希望"两个意思合并成一个吧。不要用这么慌张、着急的说法，不妨用"既期待，又希望"，或"一定会那样吧，而且我也希望会那样"表达。

同样的意思，使用"逛銀"（逛东京银座）、"逛心"（逛大阪心斋桥），或"普選""高工""体协"等略语，在文章上也是不太有品位的做法。不过，有些略语已经普遍化了，有时候使用原来的词反而显得迂回。例如"鳗丼"不说"うなどん"，而要说成"うなぎどんぶり"才对，但"天丼"如果说成"てんぷらどんぶり"又很可笑，像这样，依不同事物，不同情况，有必要适度调整。不过大概说来，就算听起来有点过于有礼，还是说得正式一点格调比较高。这点应该会在后面"品格"项中提到，尤其是外来语省略的说法，像"pro"（professional，专业的）、"agi"（agitation，煽动）、"demo"（demonstration，示威）、"dema"（demagogy，谣言）之类，不用说不懂英语的日本人，连外国人都不懂，所以这种说法最不好。这用语刚开始可能只是无产派斗士间通用的符号，后来才慢慢开始流行，世间一般人去模仿他们说的"moga"

（modern girl，摩登女孩）、"mobo"（modern boy，摩登男孩），
这种奇形怪状的语言就流行起来了。

五　有根据的语言中，与其引用罕见的、难解的成语，不如采用听惯的外来语或俗语

这理由，也明白到不需要说明的地步。

虽说日语系统的语言很好，但不用说，比起只有在《古事记》和《万叶集》等才能看到的用语，还是一般通用的汉语比较优越。例如"しじま"这个词在韵文中不妨碍，但通常应该说成"沉默"。此外，追求高雅，故作高尚而刻意选择不常听到的冷僻字眼的做法，也必须避免。无论多么通俗的语言，在实际必要的情况下使用时，听起来并不显得低级，相反，在这种地方刻意采用仿佛很高级的说法，反而令人反感。例如五万圆不写成"五万円"，而写成"珍品五"，怎么样呢？此外把吐痰的地方说成"唾壶"，这听起来真的称得上高雅吗？

使用冷僻的汉字、夸张的说法，不如用温和、易懂，又能十足咀嚼体会的说法，才算周到体贴。我想建议各位，不妨记住现在市井小民各种职业的人所用的语言，把那用到文章里去。他们所用的语言，虽然是俗语，却相当机智，而且常富有洗练的迂回说法，并不一定会给人卑下的感觉。不仅如此，实际上人们往往觉得与其夹杂许多困难的成语，不如只用一句俗语来得更贴切，更能搔到痒处。

小说家里见弴、久保田万太郎等，就是这种擅长自在使用

俗语，自成一家的例子。研究这诸家的用语固然有益，对我而言，去听落语家、讲谈师，尤其是名家大师的谈话，可参考的地方也很多。

其次关于外来语，如果意思很明白的话，也不用勉强用汉字，我赞成用原文就好。不能因为把"movie"翻译成"映畫"，就一定要给"talking"也造一个译语出来。翻译家中有人把"butter"译成"牛酪"，"cheese"译成"乾酪"，"writing desk"译成"書物機"，实际上没有一个人这样用，以这方针勉强推行下去的话，连"パン"（pāo，面包）、"ペン"（pen，钢笔）、"インキ"（ink，墨水）、"ランプ"（lamp，灯）等，都不得不翻译成汉字了。而且，就像前面已经说过的，考虑到汉语的弊害时，与其给外语勉强套上汉字新词，不如直接输入原文，既简单明了，又符合时势。

调子

所谓调子，就是文章的音乐性要素，因此这比其他任何要素都更属于感觉性的问题，但要以语言来说明却相当困难。换句话说，在文章之道上，我想最难教的，也和作者的天性有很大关系的，应该是调子。

自古以来人们就说文章是人格的表现，不过不仅是人格，其实甚至也可以说，那个人的体质、生理状态之类，都会自然流露在字里行间，而且表现出来，成为调子。那么，文章的调子，可以说是这个人的精神流动、血管节奏，尤其和体质一定有相当密切的关系。就像声音和皮肤的颜色能立刻令人想象出这个人的生理状态，文章的调子和人的体质之间仿佛潜藏着某种和那类似的关系。那么，任何人在作文章时，无论自己有没有感觉到，都自然会具备呼应那个人体质的调子，天生热情的人带有充满热情的调子，冷静的人表现出冷静的调子。而呼吸器官弱的人，则有点看得出上气不接下气；消化器官有病的人，则反映出血色不太好、气色不佳的脸色。此外，有喜欢安稳平顺调子的人，有喜欢凹凸粗糙调子的人等，可能因为个别的体质而塑造出这样的结果，所以所谓调子，即使后天教授，想必也不会有多大效果。如果有人想改变自己文章的调子，不如从心境和体质的改变做起。不过，这样说也太笼统了，所以首先举出调子的大体种类，再分别提示属于各类的代表性作家名字，多少谨供参考。

一　流丽的调子

前面已经说过《源氏物语》派的文章属于这种，流畅如水，毫无停滞的调子。写这种调子文章的人，不喜欢突显一字一句的印象。就这样，从一个字移到下一个字，为了让连接的地方不明显，尽量写得平顺流畅。同样地，从一个句子到下一个句子的移动，也把连接的界线弄模糊，哪里是前面句子的结束，哪里是后面句子的开始，刻意不分清楚。

不过，接续界线不清的好几个句子串联下去时，终究会变成写得很长的句子，所以相当需要技巧。日语中要串联两个句子时并没有所谓的关系代名词，因此，句子总难免变短，如果勉强要联系，就会频频出现"て（te）"和"が（ga）"等，弄得很刺耳，所以自古以来，接续助词"て（te）"字用得多的文章被认为是恶文，确实没错。那么要怎样才能把那联系的接缝模糊掉呢？本书前面章节所引用的《源氏物语·须磨卷》的文章，是这种模范例子，所以请翻开再看一次。这篇文章，从"须磨那地方"开始，到"并不符合本意"为止，好像是一个句子，然而依想法的不同，也可以看成句子到下一行的"心乱不安"为止。为什么呢？因为从"须磨那地方"开始到那里为止是源氏胸中的感慨，"并不符合本意"一处，形式上算是告一段落，心情上却还没切断。不过，这样看下去，"心乱不安"下面开始的句子，仿佛也是独立的，但心情上还是和前面联系着。如此看来，这段文章可以说是由三个句子所组成的，也可以说整体是一个句子。当然这不仅是心情和气氛的问题，也是因为没有采用明显区分段落的用语，而且没有一个地方是用"て（te）"来联系的。

现在试着把这原文在不失流丽的调子之下，翻译成现代文，就成为以下这样：

须磨那地方，从前还有一些住家，现在却已经人烟稀少，变得非常荒凉，听说连打鱼人家都很罕见了，不过人多吵杂的住处也很无趣。只是远离都城，总觉得担心害怕忧伤迷惑。想到未来难免瞻前顾后，尽是悲伤的事。

あの須磨という所は、昔は人のすみかなどもあったけれども、今は人里を離れた、物凄い土地になっていて、海人の家さえ稀であるとは聞くものの、人家のたてこんだ、取り散らした住まいも面白くない。そうかといって都を遠く離れるのも、心細いよ

99

うな気がするなどときまりが悪いほどいろいろにお
迷いになる。何かにつけて、来し方行く末のことど
もをお案じになると、悲しいことばかりである。

这样改写的话，连接的地方模糊掉，和原文相比并没有改
变。因此，要以口语体写长句子，也绝对不是不可能。
　不过，现代人总归不会这样写，一般会写成：

　　须磨那地方，从前还有一些住家，现在却已经人
烟稀少，变得非常荒凉了，听说连打鱼人家都罕见
了，不过人多吵杂的住处也很无趣。只是源氏之君对
于远离都城，总觉得担心害怕忧伤迷惑。他一想到未
来总是瞻前顾后，尽是悲伤的事。

　　あの須磨という所は、昔は人のすみかなどもあっ
たけれども、今は人里を離れた、物凄い土地になつて
いて、海人の家さえ稀であるとは聞くものの、人家の
たてこんだ、取り散らした住まいも面白くなかった。
しかし源氏の君は、都を遠く離れるのも心細いような
気がするので、きまりが悪いほどいろいろに迷った。
彼は何かにつけて、来し方行く末のことどもをお案じ
になると、悲しいことばかりであった。

这样联系的地方就断开了，明显变成三个句子。

我并不是说这种写法就是恶文。今天因为流行短句，就会有这样的写法。像前一段那样，即使是没有关系代词的日文，也不会造成混乱，多长的句子都可以写，我想很多人可能已经忘记这件事了，因此特地极力说明这种文章的优点。

那么，以上两种写法比较之下，后者和前者不同的地方在于：

一　省略敬语

二　句子结尾以过去式结束

三　第二和第三句加入主语

关于第一点，后文还有机会提到，现在先不提。关于第二和第三点，我想说明这对所谓调子会有多大的影响。

首先从第二点说起，日语和汉语、西洋语不同，句子最后接的几乎一定是形容词、动词或助动词。偶尔很稀奇地以名词结束，但大多都以上述三种词类，尤其以助动词居多，因此句子结尾的发音缺乏变化。从前，有一位在文句结尾写"たりき（tariki）"成癖的学者，据说绰号叫做"たりき先生"，虽然如此，文章体还算相当有变化，要是口语体的话，这种缺点就特别显著。日语句子大部分不是以"る（ru）"结尾，就是以"た（ta）"或"だ（da）"结束。虽然也有像"あろう""しよう"等以"う（u）"结束的情况，有以"行く""休む"

"消す"等现在时终止形结束的情况，有以"多い""少ない""良い""悪い"等形容词的"い（i）"结束的情况，等等，不过这些情况中，也有像"行くのである""休むのであった""多いのだ""少ないのだ""良いのである""悪いのであった"那样，加上"のである""のであった"或"のだ"，成为流行，因此，结果还是以"る"或"た"结束。像这样同一个音反复出现，一个句子的结束就很明显。其中，尤其以"のである（nodearu）"结束和以"た"结束最容易听出来。因为"のである"本来就是为了显示终止而特地重重地附加上去的文字，此外"た（ta）"这个音掷地有声，干净利落，所以当然会这样。于是，为了模糊连接点，就尽量不要附加无用的"のである"或"のであった"。另外，以动词终结时要用现在式，避免用过去式"た"结束。以我的感觉来说，这尤其是因为"のである"的发音很平顺，不太重，但以"た"结束的话分际就特别明显。

关于"は（wa）"的主语，在本书前文已经论说过了，本来在日文中，无用的主语应该省略，英语文法中所谓的主语在这里并不存在，而且这种主语省略的手段，对于模糊接缝是最有效的。对照两段译文，应该就可以立刻明白。此外请翻开第五十四页，看看《雨月物语》的文章，可以发现从开头的"过了逢坂的关口之后"到"且植杖留于此地"虽然是一个句子，但没有主语。接下来的"非慰枕草露宿遥远旅途之劳，乃方便观念修行之庵"又是一个句子，但从英语文法来说，这只能算是句子的片段，是意思不完整的不完全句。因为这个句子中，像"他植杖停留之地"这种代替主语的长句，全部被省略掉了。可是，如果把这样的句子放进去，全文的流丽调子就会被破坏。写到"一路来到赞岐之真尾坂之林，且植杖留于此地"，接上"非慰枕草露宿遥远旅途之劳……"多么自然，多么顺畅。何况这种情况不需要声明是"他植杖停留之地"，意思已经充分传达了，如果勉强加进去，只是为了文法上说得过去而已。

因此，我说"不要被文法囚禁"，就是指这种地方，无论是前面《源氏物语》那一段也好，现在《雨月物语》的这一段叙述也好，文章中句子之间没有缝隙，整体是连成一气的。这样想才最恰当。如果脑子里一味只想着西洋的文法，而想把这文章分成几个句子的话，必须补上各种主语，日本文章却不必做到这样工整的形式。换句话说，前者是源氏之君，后者是西行法师，两个人是事实上的主角，除此之外，没有所谓主语的东西。

以上是针对流丽的调子从技巧上大略说明，老实说，我并不相信这说明在实际上会有什么帮助。为什么呢？就像前面说过的，这都要靠天赋的体质，技巧只是细枝末节而已。假定各位能体会学得所有的技巧，但天生却是不适合这种调子的人，那么文章也绝对表现不出流畅的感觉。就算字面上看起来很流畅，也只不过是小技巧上的模仿，整体还是不太有劲，达不到真正有血有肉的地步。相反，天生是这种体质的人，想写的东西从一开始就在脑子里浮现出一种节奏，因此技巧上可能很不在意，有时候就算使用粗糙的文字、聱牙的音调，那些文字和声音却不可思议地并不刺耳，反而以没有停滞的流畅生动的律动滚滚传达给读者，有时候甚至会给人一种难以言喻的生理快感。

此外，现代作家里，可以说泉镜花、里见弴、宇野浩二、佐藤春夫等几乎接近这个标准，因此如果您读到他们的作品，相信应该可以更充分地感觉到我所说的"调子"的意思了。总而言之，从前夸奖文章写得好会常套用流畅或流丽这样的形容词，可见读得顺畅要数第一条件，现在则崇尚铿锵有声、印象鲜明的表现，结果流畅的写法感觉好像有点落伍。不过我暗自心想，这才是发挥日文最大特长的文体，因此真希望这种文体能渐渐复活起来。

二　简洁的调子

这种调子在所有的方面，都拥有和前述"流丽的调子"正相反的特色。写这种调子的文章的人，希望一字一句的印象都能鲜明地浮现出来。因此句子连接的地方，也像一步一步用力踏过去那样，写来分得清清楚楚。虽然没有顺畅的感觉，不过流动中以一定的拍子反复，有一种刚健的节奏感。如果第一种调子是《源氏物语》派，是和文调的话，这就是非《源氏物语》派，是汉文调。于是那节奏的美感也和汉文的节奏相通。

幸而，这种调子的文章有志贺直哉的作品这样杰出的模范，所以只要反复玩味便是进步的捷径。说起来他的文章最异常的特点，就是印刷成铅字时真是鲜明。当然，并不是说只有志贺的文章会采用特殊的铅字去印。无论是单行本或在杂志上刊登时，应该都是用普通字体印刷的。虽然如此，不知为什么却显得特别漂亮。好像只有那里，字体特别大，纸质特别白，鲜明地映入眼帘似的。真不可思议，为什么会令人产生这种感觉呢？因为作者慎重留意选字的方法、文字连接镶嵌的方法，一个字都不疏忽。因此连无心的铅字都自然感染到那气魄，正如书法家把楷书文字用浓墨、粗笔，一笔一画不厌其烦地用力写出来那样，强有力地逼近读者。

文章到达这个境界也不容易。大多数人所写的东西，印成印刷品之后铅字还飘在空中，好像立刻就会移动，志贺所用的文字，印成铅字之后就像长了根似的看来稳固、深沉。话虽这么说，但他并没有用特别令人吃惊的奇怪文字或成语。志贺在许多作者之中算是不喜欢用华丽语言和困难汉字，质朴平实的。但他的文章要领在于叙述尽量收敛、字数尽量减少，把普通人要费十行二十行来写的内容压缩到五六行，而且形容词等也选择最平凡、最容易懂，和当时情况最吻合的一种，如此而已。这样一来，一个字一个字加得非常重，虽然是同一个字，却含有两三个字的价值，好像是完全不同的铅字那样，跃然纸上。

不用多说，这并不是光用口头说说那样简单的事。首先，练习的方法，就是依前面说过的方针，试着尽量压缩字数写文章。不过最初应该没办法一次成功写出没有一点多余的东西，试着读读看就会发现多余的地方。那么，把那多余的删除后再读，删除后再读，能删尽量删。因此有时必须改变句子结构或用语顺序，或用完全不同的词语。以本书第十页所引用的《在城崎》的一节来说明，结束的地方有这样一段：

其他蜜蜂全都进了巢之后的黄昏，看见冷冷的屋瓦上留下一只死骸，好寂寞。

他の蜂が皆巣に入つてしまつた日暮、冷たい瓦の上に一つ残つた死骸を見る事は寂しかつた。

他这样写，而一般初学者不太能做到这么收敛，会想写成：

黄昏时分，当其他的蜜蜂都进入巢里之后，只有那只死骸仍独自留在冷冷的屋瓦上，看起来好寂寞。

日が暮れると、他の蜂が皆巣に入つて仕舞つて、その死骸だけが冷たい瓦の上に一つ残っていたが、それを見ると寂しかつた。

把这种句子压缩到不能再压缩之后，才终于完成像前面那样的句子。

其次，读了《在城崎》也知道，简洁调子的文章，发音清楚干脆，句子和句子的分界必须明确，因此句子尽量以过去式"た（ta）"结束，有时要表现缩紧的感觉，也可以用现在式结束。但"のである""のであった"，尤其是"のである"有拉长的作用，所以在这里要避免。还有像：

> 那有三天一直保持那个样子。看着它时给人一种
> 非常静的感觉。好寂寞。……然而实在非常静。

加上"那"字，是使句子的开头效果加强的手段。

读者中或许有人会因为这里的"那"字具有英语文法中主语的作用，而感到这文章具有英文味。但作者不是会被文法绑住而放上无用文字的人，从"好寂寞"这一句来结束全文可以看出（参考第十一页），这个"那"字与其说是主语，不如说是如我在第三十页解说的那样，应该视为刻意为了提升调子所采用的重复，也就是和以"た（ta）"终止的作用相同。大体说来，要表达所谓简洁的美感，另一面必须要含蓄才行。不只是单纯地累积短句，而是取出其中任何一个句子，都塞满了能够延伸十倍二十倍的内容才行。要不然，只把拉长的内容啪一下折断切短，用以"た（ta）"结束的句子点缀，虽然拍子的感觉可能确实出来了，听起来反而轻薄。不是咚咚的沉重有力的脚步声，而是蹦蹦跳跳的脚步声。因此，这种调子的文章比

流丽调子的文体要求更多的东洋式沉默寡言和简洁。无论哪一种都该禁止采用西洋式的说话方式。就以志贺氏的作品为证，其中观物的感觉里有近代人的纤细，不可否认受到西洋思想的影响，但那写法却是东洋式的，可以说将汉文所拥有的坚硬、厚重和充实的味道，移入口语体中了。

三　冷静的调子

出现在文章调子中的作者气质，可以大体分为《源氏物语》派即流丽派，和非《源氏物语》派即简洁派，再细分的话还可以延伸出几种，但我想总归不会超出这两种。不过，除此之外还可以想到所谓冷静的调子。

换句话说就是没有调子的文章。大多数人所写的文章，不是流丽的，就是简洁的，此外不管好坏，虽然可以感觉到某种语言的流动，但有时也有人会写停止流动的文章。这种文章，在形态上有的接近第一种，有的接近第二种，各有不同，初学者可能不容易辨识，不过细读之后，就会发现完全没有流露感。就像画了溪流的画一样，虽然呈现流动的形式，却以那形式静止着。不过并不是没有流露感就一定是恶文。也有所谓流动停滞的名文。而那最杰出的作品，就像充满深渊的清冽潭水那样，一直沉淀停在一个地方，像镜子那样用安静的表面清晰地映照出万象的形影，所写的东西一目了然，因此连读者的脑子里好像都被整理得条理清晰了似的。

大体说来，写没有调子的文章以学者出身的人比较多。例如以前流行拟古文的时代，国学者在写作和文时，经常出现这样的情形。学者因为知道文法、字句用法和各种修辞技巧，因此无论流丽调、简洁调，任何一种都可以在不同的情况下写出来。于是，文章看来中规中矩、无懈可击，但读起来却少了最重要的流露感。整体调子是死的，换句话说，成为画中的溪流。这是不好的例子。至于好的例子，譬如写出像深渊的水那样的名文的，也是学者居多。理所当然，学者被要求客观地观察事物，以清晰的头脑下判断，与其热情，不如保持精神的平衡和冷静，因此写的东西自然也会变成那样，这还是属于体质问题。

以前我读过一本书，提到德国著名哲学家康德的文章干燥而带有光辉，可能就是指这里所说的那种文章。不，不只有康德，伟大的哲学家的文章必然不得不这样。

那么，让这一派名家动笔写的话，世上动态，无论是战争、爆炸、喷火、地震，悉数化为肃然静止的状态重现出来。不管是多么杂乱混杂喧闹骚动的样貌，那混杂都会去掉，音响会消音，秩序会调整，一切像雕刻的石像般被寂静地描写出来。艺术家和学者出身的人的作品有这种倾向，像《漾虚集》时期漱石的作品，《薤露行》《伦敦塔》就是范本。鸥外也是，我在前面把他加进非《源氏物语》派中，但也不能一概称为简洁派，我想应该属于冷静派。我们看看第六十三页的《即兴诗人》的一节，也会有这种感觉，如果读了《阿部一族》和《高濑舟》《山椒大夫》《雁》等小说，应该就能更清楚地了解了。

这样对调子的分类大致已经结束，不过现在再补充另外想到的一点，就是流丽调的变形。

四　飘逸的调子

这以南方熊楠的随笔和三宅雪岭的文章最接近。小说家中我想不起符合的例子，不过我相信武者小路实笃有一段时期的作品，以及佐藤春夫的《小妖精传》，就略具这种趣味。

这种调子虽然是流丽调的变形，不过正如名称一样有飘飘然无从掌握的地方，因此无法说明技巧。总之，这写来不能有丝毫物欲。尤其想要写名文的野心更是最要不得。此外，想对世道人心有所助益，想去除社会的恶害之类，一切俗世的诸般俗心都必须断绝。换句话说，绷紧神经、竞争好斗、干劲十足，这些都是禁忌，凡事要不动气、不蛮横、轻松放手，以仙人般的心境去写。因此这不是能够教得了学得会的东西。只要达到这样的心境，不管用什么样的写法，都自然会写出这种调子，如果想要这样，或许去修行禅道是捷径吧。

不过，这才正是真正东洋人所拥有的味道，也不妨说西洋文豪几乎没有一个人拥有这种风格。

此外，简洁的调子也有一种变形，就是：

五　粗糙的调子

这如果不用心读的话会感觉像恶文。事实上，也可以称为恶文，不过和原本的恶文不同的是，写作者特别避开流丽调子和简洁调子，刻意写出生硬粗糙、像难走的凹凸不平的路那样的文章。因此这个人并不是不知道音调的美。他明明理解这样的感觉，却由于某种目的而故意写出不好读的文字。因为，如果写得滑溜溜太流畅的话，读者会被那调子所吸引而一口气读下去，恐怕来不及深入体会一字一句的意思。像搭上轻舟一样顺着平缓的溪流漂下，虽然漂流本身是一种快感，然而两岸的风景，山色、森林、树海、丘陵、村落、田园等，是什么样子，通过之后再回想时，因为应接不暇，记忆中竟没有留下任何印象。七五调的文章就最容易掉入这样的弊端中，马琴的小说也是这样，读起来调子非常爽快，内容却流于空疏。因此净琉璃①作家近松门左卫门在《难波土产》中说，七五调过于流畅，最好避开不用。

简洁派的作家也因为这样的理由而讨厌流丽派的文章，粗糙派的作家则认为简洁派的文章都还过于流畅。的确，和流畅派比起来，简洁派的写法没有那么滑溜溜的，在一些地方会把流动感阻挡下来，设堰阻流让旅人更有余裕欣赏两岸风光景物。虽然如此，流势本身仍有快感，就算不是一味平顺，但每隔一两段距离就会碰到岩石，形成湍急的奔流，旅人会因为那流势的爽快而恍惚，稍不留意就疏忽了观察陆地。这时候，要想让他们看清楚陆地，最好完全不要给予流动的快感，这是粗糙派的想法。

---

① 净琉璃，日本独有的木偶戏，是日本四种古典舞台艺术形式之一。

因此，这派的人故意不理会、不喜欢节奏感。觉得稍微在往前进时，立刻又往左边敲敲往右边打打地写。读者在所到之处老是跌跌撞撞，不得不踢到石头、掉落洞穴、绊到树根。不过正因为行进中被这样阻挡，那洞穴、石头、树根才留给人忘不了的印象。因此这样的写法，并不是像第三种冷静派那样没有调子，而是本来对调子这东西感觉敏锐，反而抹杀调子，因此产生一种粗鲁生硬、有味道的调子，称为"粗糙调子"。为了达到这样的目的，不仅把节奏也就是音乐性要素弄得粗粗糙糙的，连视觉性要素，文字的使用，也特意用片假名，或镶上奇怪的字，或把念法改变，或把字面弄得杂乱无章，等等，猛一看好像是头脑不好的人写的拙劣的文章。尽管如此，在这样的用心之下所写的恶文，应该可以说有恶文的魅力，能够强烈吸引读者。

　　像以上所说的那样，看似雕虫小技，令人感觉是技巧性的东西，其实也和体质有关，并不是本人拘泥于那技巧，而是自然写出来的。因此我有时候会想打破自己文章的类型，试着逸出调子外，结果却写出怪无精打采、有气无力的东西，非但未能写成放得开的恶文，魅力也完全出不来，目前为止，天生的粗糙派只有泷井折柴一个人而已。

　　我想没有必要再细分下去，就到此为止，不过我想事先声明的是，并不是所有的作家都判然属于这五种。所谓体质这东西虽然是天生的，但也会因为这个人的境遇、年龄、健康状态等因素而产生后天的改变。因此，年轻时候属于流丽派，年纪增加后变成简洁派，或相反，各种情况都有。不过实际上，纯粹属于一方的作家很少，或流丽调三分简洁调七分，或冷静调五分简洁调五分，这样混杂着。此外像幸田露伴那样，虽然是不比鸥外差的学者，但他的调子却不冷静，反而是热情的，兼具流丽和简洁的特色。

纯粹的作者，宜取其生性纯净清澄的地方，混杂的作者，则可以取其富于变化的地方，各有优美之处，不能一概断言谁比较好。但我读歌德的作品，虽然没有读过原文，从英文译本和日文译本所得到的印象是，同一篇文章，每当变换观点，感觉有时像流丽调，有时像简洁调，有时又像冷静调。这三种优点，似乎都分别非常完整地具备。像这样稀有的名文，正说明了作者天生才华的丰饶。

文体

　　所谓文体，指文章的形态或姿态，老实说，在前面的"调子"一项中，几乎已经说尽了。为什么呢？因为无论所谓调子，或所谓文体，只是从不同角度看同一件东西而已，实质上并没有改变。某一篇文章的写法，以语言的流动来看，以那"流露出来的感觉"称为调子；把那流动作为一种状态来看，就称为文体。因此流丽调、简洁调、冷静调，也可以直接称为流丽体、简洁体、冷静体。

　　不过，要衡量一件物体，有各种尺度。要丈量一匹布料，可以用鲸尺裁断，也可以用公尺裁断。要区分文体，可以以调子为标准来分，也可以以样式为标准，分为文章体、口语体、和文体、和汉混交体。而且，向来我们所谓的"文体"，多半指这种样式上的分法。

　　然而，如果根据这分法，今天一般所采取的文体只有一种，那就是口语体。大约到明治中期为止，有在口语体中加入文章体而成为的所谓雅俗折衷体，应用在小说中，现在那也已经消失了。

因此要勉强分类的话，可以把这口语体再细分为几种，我假定分为以下四种：

一　讲义体

二　兵语体

三　口上体

四　会话体

整体说来，我们把今天所使用的文体称为口语体或言文一致体，也就是白话体，但严格来说绝对没有依照口头说的那样化为文字。比起文章体，当然已经大为接近口语了，但还是可以视为一种文章体。那么我的分类法，就是以实际上和口语的距离长短为准，或许名称取得不太恰当，但因为想不起其他名字，就暂且这样称呼了。

一　讲义体

这和实际上的口语离得最远，因此也是离文章体最近的文体。

现在，把以下句子"彼は每日学校へ通う"（他每天去上学）改为口语文，如果用讲义体，像这样以现在式结尾的简单句子，就跟文章体完全相同。

彼は毎日学校へ通う。

其次过去式，

彼は毎日学校へ通<u>ひたりき</u>。

改成：

彼は毎日学校へ<u>通った</u>。

其次未来式，

彼は毎日学校へ通<u>ふらん</u>。

改成：

彼は毎日学校へ通う<u>であろう</u>。

此外，如果是形容词结尾的句子，就像——

彼は賢し。（他很聪明。）
彼は賢かりき。

化为：

彼は賢い。
彼は賢かった。

这是讲义体最简单的形式，但实际上，为了达到强化句尾的目的，很多时候会加上"のである""のであった""のだ""だった"等。

彼は毎日学校へ通うのである。
——————————のであった。
——————通ったのである。
——————ったのであった。
————————通うのだ。
——————————のだった。

彼は賢いのである。
————のであった。
——賢かったのである。
————————のであった。

我们日常以个人为对象说话时，不会用这种方式。但在很多听众前面说话时，尤其教师站在讲台上讲课时，通常会采用这种说法，多少伴随一点仪式性夸张的感觉。

　　本来，文章与其说以个人为对象，不如说以公众为对象的场合比较多，因此采用这种讲义体也很自然。今天一般普及的口语文，大部分属于这种。那么也不妨说讲义体就是现代文，自红叶露伴以后，明治大正期诸文豪的散文文学，几乎都是以这种文体写的。

　　二　兵语体

　　这种文体以"であります""でありました"代替"である""であった"。最单纯的形式就变成这样：

　　彼は学校へ<u>通います</u>。（他去上学。）
　　————<u>通いました</u>。（他去上学了。）

　　彼は<u>賢くあります</u>。（他很聪明。）

　　如果不这样，也可以把讲义体的"のである""のであった"直接改成"あります""ありました"，成为这样：

　　通う<u>のであります</u>。
　　通った<u>のでありました</u>。

　　賢い<u>のでありました</u>。

这种说法，是军队里士兵向长官报告时所用的，不仅略带夸张的仪式感，还含有礼貌的敬意，殷勤的用心。因此比讲义体听起来优雅亲切，虽然没有被广泛应用，但依然在逐渐普及，中里介山氏的《大菩萨岭》，还有这本《文章读本》的文体也属于这种。

三　口上体

这是将"あります""ありました"改成"ございます""ございました"，比兵语体更礼貌的说法。

这种说法，主要是都会人出席正式场合，口头叙述、互相打招呼时，现在依然采用的。而且有些过于礼貌的人，在讲义体上加"ございます"：

通うのでございます。
通ったのでございました。

这样还不满足，再加上兵语体：

通いますのでございます。
通いましたのでございました。

更极端的还有说"ございますのでございます"的。这就太迂回，太长了。我想久保田万太郎用过一次，如果不是相当特异的作家，是不会这样用的。

不过迂回说法并不限于口上体，讲义体和兵语体可以说多少也有这种弊病。因为可以用"ある""あった"结束的地方，如果养成想要用"あるのである""あるのであった""たったのであった""あるのでありました""ありましたのであります"的癖性，不写成这样就会不安，于是不知不觉就容易写长了。不但这样，以上三种文体，因为句尾以"る""た""だ""す"等音节结束的情况很多，有时固然方便，不过在比较文体时，由于形式极受限定而有缺乏变化的缺点。于是，为了避免这种拘束说法和结尾方式，干脆照谈话时说的那样，自由地写又如何呢？就是以下的：

四　会话体

这才应该称为真正的口语文。

事实上各位平常说话的时候，句子结束时发音更富有变化。例如"他每天去学校"，不太会规规矩矩地说"彼は每日学校へ通う"，而会说"通つているさ"，或"通うんでね"，或"通いますよ"，或"通うんだからなあ"，句尾会附加各种不同表情的发音。此外如果是女性，则可能会说"通うわ"或"通うわよ"或"通いますの"或"通いますのよ"。这些"さ""ね""よ""なあ""わ""わよ""の""のよ"之类，绝对不是附加的没有意义的发音，而是可以表达语尾语气的加强、减弱，或其他如挖苦、撒娇、讽刺、反对，或不想清楚表

达的微妙心情。我前面说过，以口头说的时候，加上了那个人的声音、话和话间的抑扬顿挫、眼神、脸上表情、身体动作、手势等，文章却没有这些要素，但现在可以在文章中补上这些声音，加上原来没有的要素，多少能让读者想象那被写之人的声音和眼神等。各位看到写成"通うんだからね"可能会想象那是男人的声音，写成"通いますのよ"则可能想象成女人的声音。这样想下去，根据这些声音，甚至也可以辨别出作者的性别。

在这里，男人说的话和女人说的话不同，是日本口语才有的长处，除了日本以外可能没有其他国家是类似的吧。

例如英语：

He is going to school every day.
（他每天去学校。）

虽然以肉声听起来，可以知道是男人或女人说的，但文字读起来（除了看主语）却不知道是男人还是女人写的。然而如果以日语的会话体来写，却可以清楚地区别。

此外，这文体并没有所谓"会话体"的特别样式，而是将讲义体、兵语体、口上体等各种文体交错混合使用。句子在中途忽然切断，或从中间开始，都没关系。因此，可以用名词结束也可以用副词结束，最后出现的词类可以多样混杂。现在重新细数这些特长，可以举例如下：

一　说话可以自由迂回

二　句子结尾的发音有变化

三　可以实际感觉到那个人的语气，从而想象微
妙心情和表情

四　可以区别作者的性别

　　试想，佐藤春夫说过"文章应依照口头说的那样写"，可
能是留意到有这些长处的缘故。不过这句话本身也有程度限
制，实际上如果依照说话的样子写，会有不必要的重复、粗野
的用语、语脉的混乱，很多其他各种徒劳无益和不得体的地
方，这点只要阅读议会的速记记录等就可以明白。

　　不过当我想到讲义体和兵语体的不自由时，就会想到有没
有适当方法，可以把会话体的自由说法引进现代文来用。这种
文体，在一般的文章上没有使用，却往往在私人信件，也就是
书简文中可以看见，在女学生之间的信件上似乎最常见。此
外，在讲谈（说书）和落语（单口相声）的脚本上，当然也被
采用。因此，参考这些，继续研究应用范围和方法，无论是用
在写小说还是论文、感想文上，一定不会白费心力。

　　今天我们已经失去音读的习惯了，却不能在阅读时完全不
去想象声音。人们在心中发出声音，然后以心的耳朵一面听一
面读，就像在第二十五页已经说过的那样，那么我们会边读边
想象男性或女性的声音吗？女读者不知道会怎么样，不过我们
男人在读的时候，会想象男人的声音（很多情况下是自己的声

音），不管作者性别如何。那么，如果所有文章都表现出作者的性别会怎么样呢？在阅读的时候，如果是男作者写的东西，我们就会听到男人的声音，如果是女作者写的东西，我们就会听到女人的声音，难道不是这样吗？光考虑到这一点，会话体的应用就有很大意义了。

体裁

这里所谓体裁，指文章的一切视觉性要素，可以分类如下：

一　振假名和送假名的问题

二　汉字和假名的搭配法

三　印刷字体的形态问题

四　标点符号

我在第二十二页说过，语言是不完备的东西，所以我们不妨动用读者的眼睛和耳朵等所有要素，以弥补表现的不足。此外第二十二至二十四页，提到字面无论好坏都一定会影响到内容，尤其像我国这种象形文字和音标文字混用的情况下更是这样，因此自然会考虑让字面带来的影响符合写文章的目的。所以，虽说是体裁，其实也可以视为内容的一部分，绝对不可以轻忽。

一 振假名和送假名的问题

已故的芥川龙之介说过"对读者最体贴的方法，是全部汉字都附上注音假名（振假名）"，确实说得很好，不但对读者体贴，而且对作者来说麻烦也最少。

例如我的一篇小说题为《两个稚儿》（二人の稚児），我希望读成"フタリノチゴ"，不过有些受过一定教育的人会读成"ニニンノチゴ"。这种错误，作者听到的话会不太有好心情，然而在我们的口语中常常发生。现在我写到"好心情"（好い気持），连这个词的读法，也有人读成"ヨイキモチ"，有人读成"イイキモチ"。而且非常麻烦的是，容易读的文字反而比难读的文字容易出错，难的文字几乎都有一定的读法了，不懂的话会想查字典，读者也会注意，但容易的文字，作者却会疏忽而不加注读音，查字典也有很多种读法。

最近的例子，就拿"家"来说吧，这应该读成"イエ"或"ウチ"，如果没有附注，大部分情况就不知道该读哪个。还有"矢张"应该读成"ヤハリ"还是"ヤッパリ"？"俺一人"该读成"オレヒトリ"，"オノレヒトリ"还是"オノレイチニン"？"如何"该读成"イカガ"，"イカン"还是"ドウ"？"何时"该读成"ナンドキ"还是"イツ"？这些读法都可以，不照作者指定的读法读也不能算错，而且跟受教育程度没有关系。可是对于高级文艺作品，这些看似不重要的文字读法的适合与否，有时候对文章的调子和气氛却有重大影响，因此以作者的立场来说不得不神经质。那么，从这一点来思考的话，全

部附上注音假名确实可以说是比较安全的方法。

　　然而，这里又产生字面上的问题了，全部加注音假名的话，字面上的美感所带来的快感，多半都不得不牺牲。这么说是因为，大体上今天报章杂志所用的印刷字体大小，如果是英文倒没问题，如果是用汉字多的日文，就不适合这样做了。那么小的字体，除非采用高级纸和新铸铅字鲜明地印刷，否则笔画细的文字，油墨稍微太浓或太淡，都会看不清楚，就算能辨认出来，字面也往往变得很丑，实在无法体会到汉字的魅力。这种倾向最近变得越来越明显，明治时代五号铅字比现在组合得宽松，而现在采用所谓"磅数"，用线条更细、字型更小的铅字。而且报纸段落数增加，字排得更密，要特别铸造更短的铅字。于是，本来字面已经看起来脏脏的，这些字的旁边还要加注更小的发音假名时，一不小心就会出现一团黑黑的小丸子。因此，今天通行的报纸对这种丑陋又麻烦的做法也难以忍受，开始限制注音假名的数量了。

　　通常单行本书籍的印刷都比定期出版的报章杂志更清楚，字面也漂亮，有一些文艺作品，例如泉镜花、宇野浩二、里见弴等流丽调的文章，全部注音也无妨。为什么呢？因为这一派的文章，没有必要一字一字看清楚，反而希望整体读起来流畅，不希望读者因为难读的文字不会读而停滞下来，因此把读法标注出来也是一种手段。不仅这样，注音假名多少可以缓和汉字的生硬感，并扮演衔接的角色，使汉字与平假名之间接续得更浑然一体。但和这相反，简洁调的文章，注音假名所带来的效果反而非常有害。这时候，希望字面保持清洁，除了必要的文字之外，纸面必须尽量洁白，因此文字周围就算有一点黑色斑点，都会显得无趣。此外，读者遇到难读的字就停滞下来也毫不妨碍，反而因此加深印象。冷静调也一样，因为本来就是理智型的文章，比简洁调更需要字面的清洁和透明，如果像漱石的《薤露行》那样的文章全部加注音假名印刷，艺术价值可能会减半。

印刷工人称振假名为"注音假名"，全部附加注音假名称为"全注音"，有些地方加有些地方不加称为"部分注音"，现代文艺作品用得最多的是这种部分注音的方法。不过哪些文字要加，哪些文字可以略过不加，要定标准也比想象中困难。因为前面也说过，比起难的字，简单的字更不容易辨读，往往在读者预料不到的地方出现误读的情况。

我曾经定下一个方针，字典可以查到的字不镶宝石，反而在刚才说过的"家""如何""何时""己""一人""二人"之类多种读法的地方加注读音。不过这也有不方便的地方，即便在"家"旁边加了"イエ"，并不代表作者每逢"家"都希望读者读成"イエ"。同一篇作品之中，有些地方希望读成"イエ"，有些地方希望读成"ウチ"，因此为了区别该读成"イエ"的地方和该读成"ウチ"的地方，就必须在所有"家"字旁附加注音。何况有这种必要的文字种类层出不穷，全都加的话，相当麻烦，而且字面上也不美观。

那么，注音假名怎么样都不理想，除非真有必要，否则便不加，于是又产生新的难题了，第一个就是送假名（汉字后加注的假名）。

如果依照芥川的说法全部加注音假名，送假名要依照日文文法所定的假名使用规则，只加在动词、形容词、副词等语尾变化部分，语尾不变化的名词等则可以完全不加。但是，在废除注音假名的情况下，会发生只依赖文法便无可奈何的状况。例如"コマカイ"这个词，应该写成"細い" 才正确吧。但这样写有读成"ホソイ"的可能，为了避免，不得不写成"細かい"。

但这样一来，为了保持统一，像"短い""柔い"自然会觉得也该写成"短かい""柔かい"。此外"クルシイ"就该写成"苦い"，但为了避免读成"ニガイ"，不得不写成"苦しい"。"酷い"为了防止读成"ヒドイ"，而写成"酷ごい"，"賢い"也为了防止读成"サカシイ"，而写成"賢こい"。

于是，这些形容词和拥有类似词根的形容词，如果不采用同样的送假名，会不整齐。但这样一来，所有的形容词都可以像这样写成"長がい""清よい""明るい"，结果就变成全看写作者的心情了。

动词也一样，"アラワス"写成"現す"是正确的，但假设有这样的句子：

観音様がお姿を現して（出现观音菩萨的身影）

这里的"現して"有人读成"アラワシテ",有人读成"ゲンジテ"。为了防止误读,写成"現わして"。

此外,把"泡を食って"读成"アワヲクッテ"的人可能也很多。因此也可以写成"泡を食らって"。这样一来,像"働らいて""眠むって""勤とめて"这样的送假名也成立,于是就各随所好了。

词尾的发音有必要加上送假名的情况,并不限于动词、形容词,名词也常常发生。比如担心"误"这个字,有人会读成"アヤマチ",因此写成"誤り",于是很多由动词转化而来的名词也养成加送假名的习惯了。此外,"后"这个字,可以读成"ノチ""アト""ウシロ",所以在希望读成"ウシロ"时,我到现在都常写成"後ろ"。

此外,"先"这个字希望不要读成"セン"而读成"サキ"时,我会写成"先き";希望读成"サツキ"时,我会写成"先ツき"或"先っき",这实在太滑稽了,所以最近已经改用假名写。不过,类似的滑稽事情可以在日常的报纸杂志上频频见到,最极端的例子如"少くない",有人不注成"少^{すくな}くない"(不少),却注成"少^すくない"(少)。虽然费心地加上注音假名,竟犯下这样的错误,反而成为笑柄。不过连带考虑到上述情况,也不能一概取笑别人。

我现在只举出眼前想到的两三个不恰当的地方,如果仔细检查现代口语文加注假名的混乱和不统一,真是没有止境。因此芥川的"全注音说"的卓见令人感叹,此外,这个问题再牵涉到汉字和假名的搭配，就更麻烦了。

二　汉字和假名的搭配法
首先请各位注意，以下的词有两种读法。

生物　イキモノ
　　　セイブツ
食物　クイモノ
　　　ショクモツ
帰路　カエリミチ
　　　キロ
振子　フリコ
　　　シンシ
生花　イケバナ
　　　セイカ
捕縄　トリナワ
　　　ホジョウ
往来　ユキキ
　　　オウライ
出入　デイリ
　　　シュツニュウ
生死　イキシニ
　　　セイシ（ショウシ）

往復　　ユキカエリ
　　　　　　オウフク

　　这些词，没有加注音假名的时候，音读或训读随读者自己决定，没有别的方法。因此，如果作者希望读者以训读（和式读法）来读，就必须在构成这些名词的动词后加上送假名，写成这样：

　　　　生き物
　　　　食い物
　　　　帰り路
　　　　振り子
　　　　生け花
　　　　捕り縄
　　　　行き来
　　　　出入り
　　　　生き死に
　　　　行き復り

　　以前，我希望读者以音读来读时，不加送假名，希望以训读来读时才加送假名。"生花"一定要读成"セイカ"，读成"イケバナ"就错了；"出入"一定要读成"シュツニュウ"，读成"デイリ"就错了，如果这样确定下来，就可以避免字面

上的纷扰错乱，不过这里也产生了新的麻烦，比如以下这些词又该怎么办呢？

指物
死水
請負
振舞
抽出

只好写成这样：

指し物
死に水
請け負い
振る舞い
抽き出し

否则被读成"シブツ""シスイ""セイフ""シンブ""チュウシュツ"，确实也没办法。

可是要彻底实行这样的写法，像"股引き""穿き物""踊り場""球撞き""年寄り""子守り""仕合い"这些还好，但也有像"場合い""工合い"这样的词，理论上虽然说得通，却很麻烦。还有一些组合如"若年寄""目附""関守""賄

方"，因为字面中含有过去的历史、习惯和传统，该当成例外，处理到什么程度才好，也全凭作者当时的心情，标准不一，终究无法统一。

此外，很多情况和音读训读都没关系，只要斟酌语言的意思来搭配汉字。例如写成这样：

寝衣［ネマキ］

浴衣［ユカタ］

塵芥［ゴミ］

心算［ツモリ］

姉妹［キョウダイ］

母子［オヤコ］

身長［セイ］

泥濘［ヌカルミ］

粗笨［ゾンザイ］

可笑しい［オカシイ］

怪しい［オカシイ］

五月蝿い［ウルサイ］

酷い［ヒドイ］

急遽に［ヤニワニ］

威嚇す［オドス］

強要る［ユスル］

这些汉字的搭配，并没有一定的方针，有像"五月蝇い"这样异想天开的文字，意思是纠缠得很烦人，也有不少像谜语般难解的词。像"寝衣""浴衣"这些已经大致普及，但也有一些比如"垃圾"，就有人写成"塵芥"，有人写成"塵埃"；"吵闹"有人写成"喧しい"，有人写成"矢釜しい"；"威吓"有人写成"威嚇す"，有人写成"嚇す"；"强求"，会写成"強要る""強請る""脅迫る"等。

这些文字中，有送假名的动词、形容词还算比较不易读错的，即便如此，还是有"酷い"可以读成"ムゴイ"等情形。有些时候没有附加送假名的词，被读成"寝衣"（シンイ）、"浴衣"（ヨクイ）、"塵芥"（ジンカイ）、"心算"（シンサン）、"姉妹"（シマイ）、"母子ボシ"、"身"（シンチョウ）、"泥濘"（デイネイ）、"粗笨"（ソホン）、"急遽"（キュウキョニ），也是没办法的事。

森鸥外对这种问题设想得相当周到，读他的小说和戏曲，就可以知道他的汉字和假名用法有多么讲究。这未必只因作家的博学。从前的作家有一点半吊子的学问，就喜欢发明独特的汉字搭配法（借用字）要人家勉强照读，反而加剧了不统一的问题。鸥外却不然，他似乎对日语的性质作了深入思考，充分了解文字使用的困难情况，加以整理并试图建立一套确实可行的方针，以克服这些困难。其实，我对鸥外的文章，还没有从这方面入手重新阅读，所以无法明白地多说什么。让文法学家

来看，可能在各方面都是瑕疵最少的口语文吧。而且如果能涉猎他的文艺作品，系统地仔细研究他的文章结构、用语方法等，相信一定能写出口语文法得体的文章。关于他的送假名的正确使用，谨以我所记得的试举二三例，像"感心しない""記憶しない"之类，鸥外一定会依照サ行变格的动词规则写成"感心せない""記憶せない"。过去写成"勉強しやう""運動しやう"等的情况，鸥外会当成"勉強せう""運動せう"中的"せう"的扩展，写成"勉強しよう""運動しよう"。此外，对面的山丘、对面的河写成"向ふの丘""向ふの川"的情况，可以视为"向ひの丘""向ひの川"的"ひ"音便，写成"向うの丘""向うの川"。鸥外这样使用假名，对以往不注重这方面的近代年轻作家无形中产生感化作用，有些人到现在依然沿袭这样的做法，多少能保持几分统一，因此我们不能忽视他在这方面的功绩。

那么，刚才所提到的纷歧的汉字搭配方法，他是如何处理的呢？像这些字写成：

浴衣
塵芥
寝衣
酷い

他写成：

　　湯帷子

　　五味

　　寝間着

　　非道い

　　其中为了防止把"湯帷子"读成"ユカタビラ"，我记得他还加了"ゆかた"的注音假名。大体上这样写的话注音假名的必要性就会减少，就算把"湯帷子"读成"ユカタビラ"，总比配上"浴衣"二字合理，所以还可以忍受。换句话说，鸥外的汉字搭配法，与其说是斟酌意思，不如说是追溯该词语的由来，从语源上搭配正确的文字。只要追随这样的方针，"心算"就不得不写成"積り"，"急遽に"就不得不写成"矢庭に"，"強要る"也就不得不写成"揺する"了吧。此外表示姊妹的"キョウダイ"，也一定要用汉字"兄弟"来搭配，表示母亲和孩子意思的"オヤコ"，也一定要写成"親子"的文字来搭配。这意味着不要被意思所囚禁，勉强把字义不合的汉字拿来镶嵌，否则会造成不合理和杂乱的现象。那么，如果一定要表示姐妹的话，可以用"女の兄弟"或用"姉妹"或用"姉と妹"。如果想明确表示母亲和孩子的话，可以用"母子"或"母親と子"。此外像"泥濘"（ヌカルミ）、"粗笨"（ゾンザイ）、"可笑しい"（オカシイ）、"五月蝿い"（ウルサイ）等，找不到

适当汉字搭配时，就决定用假名来写。以上是我大体上的想法，说到鸥外的方针，我想首先应该是这样的原则吧。

我从鸥外的写法得到莫大的启示。虽然无法企及，但自己也决心学习他，曾经照着实行了一段时期。因此直到现在，确实还受到他的影响，不过在各种场合难以判断的地方仍然很多，一直有重新陷入迷惑的情况。不过，这似乎不是因为自己不学无术和鲁莽的关系。要一一举例说明恐怕过于冗长，简单来说，汉字和假名使用的难关，无论用任何方法解决，都会留下问题。

如果彻底贯彻鸥外式的写法，单衣"単衣"会写成"一と重"，夹衣"袷"会写成"合わせ"，家"家"会写成"内"，但实在没办法实行到这么彻底的地步。

大体上所谓"训"或"训读"，思考源流的话还是取汉字的意思，也就是照字义的读法，把符合这意思的日语词汇拿来镶嵌进去，因此和今天把桌子"卓子"读成"テーブル"（table），把公共汽车"乗合自動車"读成"バス"（bus）相比，情况并没有多大的改变。那么"家"这个字也没道理非读成"イエ"不可，不能说新的"训"就不是"训"。"単衣""浴衣"等，也可以分别被认为是这两个汉语词的训读法。这种想法类推下去，最后就变成没有确定的训读法，只要没有错误，任何读法都可以。此外，像"食い物""出入り""請け負い"之类的送假名是否适当，是否滥用，以及容易造成混乱和用起来麻烦等问题，鸥外也无法解决，就算解决了，例如火车

137

卧铺"寝台"，有"シンダイ"和"ネダイ"两种读法也无可奈何。最终，日本文章的读法存在分歧是无论如何都防止不了的。

于是我们干脆放弃为了读法去找合理汉字来搭配的企图，最近从全新的方向出现了新的提倡。也就是说，我们只取文章的视觉性和音乐性效果。**换句话说**，搭配汉字和假名时，只从语调和字形美感方面考察，让这些因素和内容所拥有的感情互相调和。

首先从视觉效果来说，牵牛花搭配的汉字有"朝颜"和"牵牛花"两种，要表现日本风情的柔软感时写成"朝颜"，要表现中国风格的强韧感时写成"牵牛花"。七夕的搭配的汉字通常用"七夕"或"棚機"，如果内容偏向中国的故事，不妨搭配"乞巧奠"的文字。

粗暴写成"亂暴"，机敏写成"如才ない"，但战国时代写成"濫妨""如在ない"，所以历史小说就取后者。

假名的用法也根据同样方针。以容易了解为主要着眼点的文章，注音假名标注仔细；注重特殊情调的文章，则在不背道而驰的情况下适度取舍。因此举动有时写成"振舞"，有时写成"振る舞い"。

例如志贺直哉《在城崎》这篇文章中用了"其処で""丁度""或朝の事""仕舞った"等搭配汉字，但想让字面如假名书写般流畅时，也不妨写成"そこで""ちょうど""或る朝のこと""しまった"。

过去我在写《盲目物语》这本小说时，尽量不用汉字，大部分用平假名书写，因为体裁是采取战国时代一位盲按摩师年老之后述说自己过去往事的形式，目的是达到上述那种视觉效果，此外还有一点，是为了放慢整篇文章的节奏，也就是考虑到音乐性效果。换句话说，老人一面搜寻着朦胧的记忆，一面以衰老沙哑、很难听懂的声音，断断续续慢慢述说，为了传达给读者这种颤颤巍巍的语调，多用平假名，刻意让文章多少难读一点。

此外，"感ずる"（感受到）、"感じる"（感觉），"感じない"（没感觉）、"感ぜない"（感觉不到）等，也在不同地方分别配合语感作不同运用。因此在同一篇文章中，用法也不一定要统一。

遵循以上方针，注音假名的问题就自然解决了，有时全部注音有时部分注音都不妨，要看和文章内容是否协调。至于对读者便利与否，不必计算在内。如果一一在乎读者是否读对，要注意的地方就没有止境，不妨任凭读者靠文学常识和感觉去判断。如果是没有这种常识和感觉的读者，怎么样都终究没有能力理解内容，这样想就好了。

这种做法，要说是方针确实可以称为方针，实际上在每个场合因不同的心情浮动变化，因此终究等于没有方针。不过，反过来思考，鸥外文字使用的精确，在于那森严而端正的学者气质的文章的视觉效果，如果内容充满激情的话，那样透彻的用法，说不定会成为妨碍。

这么说来，漱石的《我是猫》的文字用法有他独特的地方，"ゾンザイ"（粗笨）写成"存在"，"ヤカマシイ"（吵闹）写成"矢釜しい"，其中也有一些有点难以判读的奇怪汉字，并没有附注音假名。这种随意任性的地方，和鸥外正好成为很好的对照，与他飘逸的文章内容完全吻合，和俳味与禅味相辅相成，让人至今记忆犹存。

终究，我对文字的使用问题，完全抱持怀疑态度，没有资格建议各位该如何如何。各位要采取鸥外式、漱石式、无方针的方针式，都是您的自由。我只想提醒各位这是多么麻烦的事情，希望多加注意而已。

此外，大阪《每日新闻》社，对自己报社的报纸所用汉字和假名的用法有法则规定，编了名叫"样式指南"的小册子，发给公司同仁和相关人士，意见相当实际而稳当，如果能找到的话，不妨参考一下。

三　印刷字体的形态问题

正如前面说过的，日本一般用的印刷字体太小。我可能因为老花眼的关系，五号和九磅的字，戴上老花眼镜也难以分辨浊音符和半浊音符。以片假名印的西洋地名和人名等，音符部分常糊成一团漆黑，到底是"ナポリ"还是"ナボリ"，是"プルｌデル"还是"ブルｌデル"，用放大镜看都分不出来。因此，希望至少单行本现在能让四号字流行起来。欧美的文字小一点其实还没关系，却有很多书籍以相当于四号字的大字印刷，日本反而很少这样，为什么呢？如果用四号字的话，注音假名的印刷字体相对也会变大，就算全部附加注音假名应该也不会太难读。

其次，印刷字体的形态，现在主要有明朝体和黑体两种，西洋文字除了黑体外还有意大利斜体，加上德文字体，就有四种。详情我也不清楚，像日本就有美术字体，有楷书、行书、草书、隶书、篆书、变体假名、片假名等各种字体，在视觉要素上不利用这些变化就不对了。就我所知，佐藤春夫的《陈述》这篇小说中，就用到了片假名，后来很少见到。此外，变体假名的印刷体在某个时代也用过，隶书、行书等现在也常用在名片的印刷上，我想不妨再扩大应用范围。

四　标点符号

我们在口语文中所使用的标点符号，有显示句子终止的句号（。）、显示句子分割的逗号（，）、区分单词的顿号（、），加上表示引用的括弧（「」、『』）和西洋输入的问号（？）、感叹号（！）、破折号（——）、省略号（……），总共八种。引用符号有代替方括弧（「」）的西式引号（""）等，有人直接用，但还不是很普及。

不过，作为一个前提来说，日文的文章还不需要西洋那样的句子结构，所以我也不从这方面去区分标点符号的用法。虽说"。"是句子终止的符号，而"，"是中断的符号，但请看看第九十九页《源氏物语》的译文。那种情况，如果认定是三个句子，就在"无趣""忧伤迷惑""尽是悲伤的事"这些地方断句。如果认为那是一个句子，只在最后"尽是悲伤的事"后加句号也可以。如果认为这地方还没结束，全部只用分割句子的逗号，也可以。有人觉得这样反而留有余韵。现在，我刚写出："只用分割句子的逗号，也可以。有人觉得这样反而留有余韵。"但假如从"如果认为那是一个句子"一直到"留有余韵"都没有断的话，中间句号也不妨改成逗号。因此，所谓标点符号，也和搭配汉字和注音假名的使用一样，终究不能合理概括。

我把这些作为感觉性效果来讨论，希望读者继续往下读时，从调子上看，能在这里喘一口气时加入标点符号，如果希望这口气短就用逗号，如果希望停长一点则用句号。这种用法，实际上多半和句子的结构一致，但不一定完全一样。我写《春琴抄》这本小说时，就是彻底以这样的方针进行一种实验，例如：

　　女人盲目又独身的话要说多奢侈也很有限就算再怎么恣意华衣美食也不过如此但春琴一家主人加上底下使用的五六人每月生活费用金额却不算少数为什么会这么花钱和需要人手呢第一个原因是她有养鸟的嗜好其中她最钟爱黄莺。今日善啼的黄莺一只也有要价一万日元的想必往日情况也不相上下。话虽如此今日和往日听辨啼声与赏玩方式似乎仍有几分差异不过首

142

先就以今日为例来说有叽啾、叽啾、叽啾、叽啾的啼法也就是所谓黄莺出谷在飞越溪谷时的啼声也有呵—奇—贝卡康的啼法即所谓的高音，在呵—呵吉啾呜的基本啼法之外如果有这两种啼法的话价值自然比较高这是一般野生黄莺不会啼的偶尔会啼也不会啼成呵—奇—贝卡康而只会啼成呵—奇贝洽所以不清亮，能拉出贝卡康——这康的金属性美丽余韵是可以用人为手段来培养的就是把野生黄莺的小雏鸟，在尾巴还没长出来以前活抓来让它跟随其他师傅黄莺练习啼唱如果等到尾巴长出来以后才要教因为已经学会母亲的粗笨啼声便已经无法矫正了。

然而，这种标点符号的标法如果改为和句子结构一致，就会像下面这样。

女人盲目又独身的话，要说多奢侈也很有限，就算再怎么恣意华衣美食也不过如此，但春琴一家主人加上底下使用的五六人每月生活费用金额却不算少数。为什么会这么花钱和需要人手呢？第一个原因是她有养鸟的嗜好。其中她最钟爱黄莺。今日善啼的黄莺一只也有要价一万日元的。想必往日情况也不相上下。话虽如此，今日和往日听辨啼声与赏玩方式似乎仍有几分差异，不过首先就以今日为例来说，有叽啾、叽啾、叽啾、叽啾的啼法，也就是所谓黄莺出谷在飞越溪谷时的啼声，也有呵—奇—贝卡康的啼法即所谓的高音，在呵—呵吉啾呜的基本啼法之外，如果有这两种啼法的话，价值自然比较高。这是一般野生黄莺不会啼的，偶尔会啼也不会啼成呵—奇—贝卡康，而只会啼成呵—奇贝洽，所以不清亮。能拉出贝卡康——这康的金属性美丽余韵，是可以用人为手段来培养的。就是把野生黄莺的小雏鸟在尾巴还没长出来以前活抓来，让它跟随其他师傅黄莺练习啼唱。如果等到尾巴长出来以后才要教，因为已经学会母亲的粗笨啼声，便已经无法矫正了。

两种读起来比较一下或许就知道了，我少加标点符号的方法，主要着眼于：第一，目的是模糊句子的分界；第二，目的是拉长文章的气；第三，目的是带出像薄墨般一口气流畅书写的清淡薄弱的情绪等。①

关于问号和感叹号，在西洋，问号和感叹号的句子是一定要标注的，但在日本则以心情为本位，不一定要照规则进行。那么这些符号、省略号和破折号等，应不同时候的需求不妨用

①《春琴抄》中文译本，考量中文与日文特色的差异，中文比日文浓厚密集，如果保留原文的标点符号极少的实验做法，文字更加密集，而且中文不像日文有语尾助词，不易判断何处断句，将如读文言古文般，增加阅读困难。适度加入逗号句号，反而可以提高流畅感觉，也可以冲淡字间密度，反而能达到作者想要的视觉如淡墨的效果。译文为了保留作者拉长句子的愿望，采取比一般习惯的断句法稍长的句子，兼顾视觉美感、听觉节奏感和容易阅读。

来作为抑扬顿挫的记号，不过在日文字面上破折号看起来最漂亮，惊叹号和问号一不小心就会显得很难看。最近中文里也很流行用，连古典诗文都加上去。

白发三千丈，缘愁似个长！
不知明镜里，何处得秋霜？

看到这样加上的符号，以汉文来说，不和谐的感觉就更明显了。整体说来日本的国民性是把高声大喊或以强迫语调询问事情等视为没有品位的事，所以这种符号也尽量少用为妙。

只是关于问号也有例外的情形，会话体中有"你不知道吗？"或"知道吗？"这样否定形即肯定形的疑问句。此外肯定的"嗯"或"噢"，在反问的时候，也会用到"嗯？"或"噢？"。这些在实际会话中都以重音区别，所以不妨碍，但写成文章时却感觉不到重音。因此这样的情况，加上"？"明白表示疑问的意思或许比较好，至少对读者比较方便。

然后是引号。近来所用的西洋流的引号即""，对横写的欧洲文字虽然适合，对直写的日文自然是不和谐的，所以要用的话还是用双引号『』或单引号「」比较好。不过『』和「」用途完全一样，任凭个人偏好使用，但既然有两种，如何区别使用可以设定出一定的规则，例如将「」定为相当于英文中的第一引号，『』定为第二引号，是否适宜？我自己很早就开始这样做了，仅供参考。

但我一再重复，日语的文章味道存在于不规则的地方，句号逗号和其他符号最好不要切割得太明显才比较有趣，像刚才所说的问号和引号的规则等，也并不是非照搬不可。总之像"不知道？"中的"？"就算不加，也可以从前后情况推知那是表示否定或疑问的意思，所以就任凭读者判断，也可以说不要过于包办比较好。引号也一样，今天我们在小说的会话中所使用的「」或『』等，老实说并没有那么必要。为什么呢？因为那本来是为了区别原来的文本和会话，或一个人说的话和另一个人说的话而用的，大体上现代的作品，会话部分切换时多半会换行写。加上很多情况下文章本身的文体是讲义体，和会话自然不同。此外，从一句会话移到另一句会话时，因为说话者不同，所用的语言也都各有一些差别。男人和女人的差别就像第一百二十一页所说的那样，其他礼仪尊卑在日语中，依说话者的年龄、身份、职业、会话双方的性格而变化。例如甲称乙为"お前"，乙称甲为"あなた"，有一个人说"ございます"的话，另一个人就说"です"或"だ"，像这样，代词、动词、助动词的用法有差别。此外读过下一节"品格"就知道，即使不用引号，会话也不会和本文混同，不会分不清一个人说的话和另一个人说的话。因此我想这些符号的使用，不必被规则绑死，可以依照文章的性质，斟酌字面的和谐与否来决定加盐的分量为宜。

品格

　　说到品格，换句话说就是合乎礼仪的做法，假定各位在很多人前面打招呼或演讲时，总要穿着适度，言语举止特别谨慎吧。同样的道理，文章是对公众说的话，因此当然也该保持一定的品格，谨守适当的礼仪才是。

　　然而，文章上要如何保持礼仪，则有以下各项准则。

　　一　慎戒饶舌

　　二　用语不落粗俗

　　三　不疏忽敬语尊称

　　其实，说到品格和礼仪，本来就是精神的流露，不管外形如何修整，如果缺乏精神，不但什么也成不了，反而会令人感觉伪善，招人厌恶。例如人格卑下的人，只在口头上说着高尚的事情，无论鞠躬点头都身段柔软，但看起来丝毫不觉高尚，反而更显卑下。因此，上述条件只是细枝末节，要做出品格高尚的文章，培养适当的精神才是第一要务。**这精神指什么？终归在于体会优雅的心。**

我在前面第三十四页到三十六页提到一国语言和国民性的关系时说过，我们的国民性并不爱说话，我们有保守看待事物的习性，有十分的东西自己认为只有七八分，也只让别人看到这样，这成为东洋人特有的内向气质的由来，我们把这当成谦让的美德。关于这点，我希望各位能重新回想一下这句话。所谓优雅的精神，是指我们这种内敛的性质，和东洋人所谓谦让的美德有某种深刻联系。西洋并不是没有谦让的道德，不过他们坚持自我的尊严，就算把别人推开也要明白显示自我的存在和特色，有这种风气，因此对命运、对自然和历史法则，还有帝王、伟人、年长者等尊长，不像我们这么谦让，谦让过度的话就被认为是卑屈。于是，在表达自己的思想感情和观察等时，会把内心的话悉数向外表露以显示自己的优越，费尽千言万语尚且忧心传达不足似的，但东洋人——日本人和中国人自古以来就和他们相反。

我们对命运不反抗，在顺应中追求乐趣。不但对自然柔顺，而且把自然当朋友般亲近，因此对物质也没有他们那样执着。此外我们安于自己的本分，并且尊敬爱慕年龄上、智能上、社会地位和阅历上稍微比自己优越的人，因而尽量遵循古老习惯和传统，以古代圣贤和哲人的意见为规范。偶尔有必要吐露独到想法时，也不把这当成自己的想法来发表，而托古人之言，或引经据典，"自己"尽量不要太露锋芒，把"自己"

隐藏在昔日伟人们的背后。

我们在口头说话或写作文章时，都不会把自己所想的事情、看到的事情毫不保留地倾囊道尽，而会刻意留下几分暧昧的地方，因此我们的语言和文章，也往适合这种习性的方向发展起来。那么，所谓优雅，就是从我们这种放空自我、敬天、爱自然、尊敬别人的谦逊态度出发，在陈述自己的意志时表现出有所保留的心意。所谓品格，所谓礼仪，终究也只不过是这优雅之德的一面而已。

然而现代的我们，却逐渐丧失祖先所传下来的这种谦让的精神和尊崇礼仪的真心。这是因为西洋的思想和物质的想法输入后，我们的道德观产生了巨大改变，当然这也不能一概说不好。如果我们一直保持过去的那种内向退缩习性，显然会被今天的时势所淘汰，成为科学文明世界的失败者，想到这里，是应该多多学习西洋人的活泼进取气象。

不过，就像前面说过的，我们的国民性和语言性质是拥有长久历史的，很难在朝夕之间说改就改，况且要从根本上改变，终究不可能，这种不合理的企图只会招致恶果。

而且不要忘记，我们的风格也自有长处和优点。一说到内向、收敛、谦逊，往往被误认为是谦卑、退缩、软弱，西洋人不知道怎么样，但以我们的情况，内向的性格中往往隐藏着真正的勇气、才能、智慧和胆力。换句话说，我们越是拥有满腔内在的东西，越会想把这收紧起来。所谓收敛，是内部充实紧张到极致的美，因此越强的人越拥有这样的外貌。因而在我们之间，伟大的人很少有擅长辩论和讨论技巧者，无论是政治家、学者、军人、艺术家，真正拥有实力的人大都沉默寡言，自己的才干经常深藏不露，非到最后关头不会随便现出实力。如果不幸没有遇到时机，未被世人所知，就算埋没一生，也毫无怨言，或许觉得这样反而轻松。这是我们的国民性，从古到今都没有改变，到现代，平素看来好像被西洋式的思想和文化所支配，然而在危急存亡之际，双肩负起国家命运的人，还是以古老东洋型伟人为多。

我们要取西洋人的长处以补自己的短处固然很好，但同时也不能舍弃父祖传下来的美德，所谓"良贾深藏"这种深厚的心根。

话题似乎大为偏离主题了，不过关于文章的品格，谈到精神要素时，不得不追溯到这里。不过，在这里我想唤起各位注意的是，日本有一个不容忽视的特色。那是什么呢？虽然日语有词汇量少、词汇贫乏的缺点，唯有谦称自我、敬重他人的说法，种类真是丰富得惊人，比任何国家的语言都更复杂、成就更高。例如第一人称代词就有"私""私儀""手前共""僕""迂生""本官""本職""不肖"等说法，第二人称则有"彼方""彼方樣""彼樣方""君""御主""御身""貴下""貴殿""貴兄""大兄""足下""尊臺"等说法，这些全都是想到自己和对方身份的相异，在不同时间和场合的区别应对，名词、动词、助动词等，也有很多像这样的区别。前面所举的讲义体、兵语体、口上体、会话体等文体的差异，也都是从这种谦让和尊敬的用心出发的，要说"である"有时候因对象的不

同而说"です"或说"であります"或说"でございます"
"でござります"。要说"する"也有"なさる""される"
"せられる""遊ばす"等说法。连"はい"这么简单的回答，
对上级的人也说成"へい"。此外我们也有"行幸""行啓"
"天覧""台覧"等对上级乃至高贵的人适当表达对其身份敬重
的特殊名词、动词等。外语中并不是完全没有这种例子，但相
信没有任何语言像日语这样，在各种词上设几种差别，在多种
多样的说法上如此花费心思。今日尚且如此，从前就更讲究身
份了。像南北朝、足利时代、战国时代那样，全国纲纪混乱秩
序丧失、强者争胜天下的时节，百姓对武士，武士对大名，大
名对公卿和将军，各自还使用适宜的敬语未曾懈怠，丝毫没有
使用粗暴的语言，这从当时的军纪物语和文书中就可以明白看
出，不管多么勇猛的武士，都深知不懂礼法是一种耻辱。从这
些情况来思考，没有比日本人更重视礼节的国民。由此可知，
语言也反映国民性，和它深深地联系在一起。

那么，接下来让我逐项稍加说明：

一　慎戒饶舌

这和前面说过的"凡事要低调""要收敛"是一样的意思。
再说得详细一点就是：

一　不要说得太清楚
二　意思的衔接要留间隙

不要说得太清楚

我说"不要说得太清楚"的意思是，今天任何事情都流行以科学方法准确述说，文学上也高唱写实主义或心理描写等，喜欢把眼睛所看见的、心里想到的，全都毫不保留地、精细鲜明地依照事实巨细靡遗地描写出来，然而，这以我们的传统来说并非高尚的趣味，很多情况下，描写不要超过一定的程度，才合乎礼节。本来，如果能够依照事实描写出来也很好，只是语言和文章的作用只在于暗示事物，从效果上来看还是节约用语比较聪明，前面已经说过几次，无须赘言。

终究，我们对毫无修饰地说出活生生的现实有轻视的风气，言语和所表现的事物之间要隔着一层薄纸，才会感觉到品位的好。因此从前的人即使对可以明白说出的事情，也要刻意绕圈子若有所示地迂回表达。这种例子在古典作品中真是不胜枚举，在王朝时代的物语中，不明白显示时间、场所、主要人物名字的情况并不稀奇。例如《伊势物语》里的故事，都是以"从前有一位男子"这个句子开始，那些男子的姓名、身份、住址、年龄，都没有记载。还有，并不限于《伊势物语》，妇人的名字，多半也只写"女人"。《源氏物语》中出现的"桐壶"和"夕颜"等，也不是这些妇人的真正名字，而是以有缘由的房间名字或花的名字来称呼，因为这是小说，如果要以本名附上也是可以做到的，然而那样的话，文品就卑下了。而且，虽说是物语，但对那些妇人的人品也有失尊重。男人的情况也一样，把在原业平称为"在五中将"，菅元道真称为"北野""天神""菅丞相"，把源义经称为"御曹司""九郎判官""源廷尉"等，藤原兼实称为"月轮关白"，像这样避讳记录真实名字，而间接以那个人的官职、位阶、居住场所或宅邸名称等作暗示。因此，在表达感情、描写景物时，也以"隔着一层薄纸"的心态迂回表达，纵然非常重视真实，但若过于清楚地书写出来，感觉就像在人家面前露出小腿或大腿一样了。

想起来，日本在某个时代，有很长一段时间把"口头说的语言"和"书面写的语言"截然分开，这可能是受到刚刚说过的"隔着一层薄纸"的心态影响吧。也就是说，口语是现实的一种，而且总归容易陷入饶舌，书面语为了保持格调，在其中设下相当的距离。然而今天，这距离却缩得非常小，两者之间接近了，甚至书面语因为逐渐应用西洋式的文法和表现法，可以比口语传达得更仔细。例如我们在口语上不会遵守时态和格的规则等，但在书面语中则会遵守。因此，今天所谓口语文也不会依照实际上的口语写，那么差别在哪里呢？我想在于书面语逐渐类似西洋语的译文，变成日语和西洋语的混血儿似的，实际生活中的口语虽然也渐渐变得带有西洋味，但仍然有许多日语本来的特色。

前面我告诫过，不要被文法囚禁，而且鼓励试着依口头说话方式书写会话体，是因为考虑到这些情况。今天和文与和汉混交文已经不像从前那样通用了，不过那些古典文所拥有的优雅精神、粗犷味道、有品位的说法，现在也不妨稍微撷取一点放进口语文中，以提高文章的品位，只要花一些心思，一定不会办不到。

最后，把现实弄模糊来写，和在描写中加上虚饰，这两件事我想可能容易混淆，所以一定要多加注意。不用说，诚实、朴素，在文章之道上也很珍贵，那种以为把远离现实的漂亮词汇美丽文字串联起来就算是高雅的想法，是错误的。与其使用炫耀博学的困难汉字，不如用没有装饰气味的俗语来表现，反而有品位。何况现在是以简便为要的时代，所以严守和过去一样合乎礼仪的做法反而显得滑稽。所谓品位，是要不匠气地自然流露，刻意装作高级的样子反而招人白眼，不是真正的高级。因此，我虽然说保持低调，重要的是要知道分寸，这终究无法说明，只有请各位自己去体会前述优雅精神，除此之外别无他法。

意思的衔接要留间隙

这终究也是表现内敛、凡事将轮廓模糊化的一种手段，要理解这所谓间隙，请依照第三十一页所述，我想不妨看看从前的书简文，也就是候文的写法，特举如下一例。

其后音讯断绝疏于问候，其实平生平塚二字常挂胸间，请听缘由，又匆匆返乡迎接老母，从淀直接到岚山，尚未见妻子之面先赏花影，赏过仁和寺、平野神宫、知恩院之花后又连着直奔伊势参访。

把酒旗亭别送人。禽声春色太平春。携妻携子同从母。非是流民是逸民。

　　如此这般，此次归京心情犹如在云雾中，与何方朋友皆尚未联络。今日看到来函和所送伏水之盐鸭，本人和老母都不在家失礼之处深致歉意，外出时说要取丹酒，这次也有很多丹酒，本想传话可令人来，又恐病体禁忌而作罢，任何时候都请差遣人来取，带着酒器，如用这边酒器，让您担心还要归还，请多保重，希望能早日拜见，今日也一起到御影去，杂务缠身匆匆不尽。

这书简是赖山阳寄给一位叫做平塚的朋友的信，有一天平塚的使者送了信和盐鸭来，他看了后写的回信，从字面可以推察，可能是托那位使者带回。山阳在当时文人中也以书简文妙手受到高度评价，这点从本篇文章可以看出。那么这文章的妙味在哪里呢？主要在于，前面提过的，意思的连贯方式留有缺口的部分，换句话说，在行文的几个地方特地留下洞穴，有那洞穴的存在。顺便再以现在的文章来说明留洞穴的地方，括弧所包含的文字是原文所没有的，我试着补上缺洞的地方。

　　其后音讯断绝疏于问候，其实平生平塚二字常挂胸间，（然而），请听缘由，（其实最近）又匆匆（回去）故乡迎接老母，（希望赶上赏花时机），从淀到岚山，尚未见妻儿之面先赏花，赏过仁和寺、平野神

155

宫、知恩院之花后又连着直奔伊势参访。（真是所谓）

把酒旗亭别送人。禽声春色太平春。携妻携子同从母。非是流民是逸民。

如此这般，（因而）此次归京心情犹如在云雾中，对何方朋友皆尚未联络。（然而）今日看到来函和所送伏水之盐鸭，本人和老母都不在家失礼之处深致歉意，（此外上次）外出时（差人来）说要取丹酒，（关于）这次也有很多丹酒，本想传话可令人来（取）又恐病体禁忌而作罢，（但）任何时候都请差遣人来取，（那时让来人）带着酒器来，如用这边的酒器，让您担心还要归还（怕添麻烦），（敬）请多保重，希望能早日拜见，（谨此）今日也一起到御影去，杂务缠身（疏于问候）匆匆不尽。

再看看另一封山阳的短书简。

相隔遥远，春寒稍退，朝夕是否安康。

六书通（注：篆刻家所用之辞典）可否再多拜借些时，动刻印之兴（注：篆刻之兴趣），抱歉让您挂心。

上次的砚台，颇爱玩；又即使不是那样的东西，也要极小，我正希望有那样大小的东西，您可知，我有一小皮箱，可放进其中组成砚盒，法帖砚放不进去，有劳您代为费心留意。

　　水晶也每天放瓶梅之下，赏玩甚乐，谨此。

这比前一封更大胆地开洞，要补满的话如下。

　　相隔（如此）遥远，春寒稍退，（然而足下）朝夕
是否安康。

　　六书通可否再多拜借些时，（因为我）动了刻印之
兴，抱歉让您挂心。

　　上次的砚台，颇爱玩，又即使不是那样（**精致**）
的东西，也要极小，我正希望有那样大小的东西，
（我想）您可知，（我手头）有一小皮箱，可放进其中
组成砚盒，法帖砚放不进去，（因此，如果有小砚台）
有劳您代为费心留意。

　　水晶也每天放瓶梅之下，赏玩甚乐，谨此问候。

　　以上两个例子，如果仔细玩味，应该可以知道我所说的间
隙的意思，以及对文章品位和余韵有多大的帮助了。

　　书简文是个人与个人之间所交流的东西，彼此互相了解的
事情不必一一提起，所以有很多省略的余地，但以众多读者为
对象的文章和古典文中，一般也可以见到很多像这样的间隙。
例如，请查一下前面所举的秋成和西鹤的文章，一定会发现其
实有无数像山阳书简文那样的洞穴。

现代的口语文比古典文缺乏品位、缺少优雅味道的重大原因之一，是当今的人不愿意去做"留空隙""开洞穴"这种事。他们被文法结构和逻辑严整等事情所囚禁，总想叙述得合情合理，句子和句子之间、文与文之间，意思如果不连贯就不罢休，也就是像我现在补上括弧里的内容那样，若不全部填满那些洞穴就觉得不安。因此，加上很多"可是""不过""然而""于是""虽然如此""因为这样""这样的关系"之类多余的填空字眼，光是这些就使厚重的味道大为减损了。

事实上，现代的文章写法，似乎对读者过于便利。其实可以写得不便利一点，其他地方就让读者的理解力去推想，效果会比较好。关于言语的节约，我打算在后文"含蓄"项中再说，这里就此打住。

二　用语不落粗俗

要保持礼仪，"慎戒饶舌"是最要紧的，但并不是只要随便省略用语就好。省略方法有时正好合乎礼节，有时省略了反而有失礼节，因此必须加以分辨。重要的是，除了该省略的情况之外，如果使用某种语言，就要尽量有礼地使用正式形式。

前文"用语"项中，我说过使用略语要慎重，就是这个意思。此外，最近的年轻人，把自己平素说话时粗鲁无礼的发音都照样化为文字，已经不稀奇。现在举出我想到的两三个这类例子。

してた　　［していた］　　做了

てなこと　　［というようなこと］　　那样的事

詰まんない　　［詰まらない］　　真无聊

あるもんか　　［あるものか］　　才没有

もんだ　　［ものだ］　　那东西

そいから　　［それから］　　还有

这些方括弧中所写的才是正确的发音。当然除了小说家在会话中为了描述实际状况，让作品中的人物对话逼真的场合之外，在不是对话的行文中也流行用这种腔调，实在令人感叹。

整体上，口头说话的场合，用太多俗语并不值得鼓励。今天东京话已成为标准语了，真正讲究品位的东京人，在日常会话中，谈吐都相当正确而明了。例如今天流行省略格助词テニヲハ：

僕そんなこと知らない。　　我不知道那种事。

或

君あの本読んだことある？　　你读过那本书吗？

常常看到这样说的年轻男女，但东京人从江户时代开始，就很少省略格助词，即使市井中人或职人说俗话时，也会说"我""おら<u>あ</u>"（己<u>は</u>）、"わっし<u>ゃあ</u>"（わっし<u>は</u>）、"把什

159

么""なに<u>よ</u>｜"（何<u>を</u>），把格助词说得很清楚。现在所举的两个书生对话改成东京的职人语言时，就变成这样：

己あそんなこたあ知らねえ。　我不知道那种事。
お前_{めえ}はあの本を読んだことがあるけえ。　你读过那本书吗？

　　像这样，就算发音带有口音，却没有省略テニヲハ格助词。只是，有时可能会省略"お前_{めえ}"后面接的"は"，却绝对不会省略"己あ"（己は）及"こたあ"（ことは）的"は"、"あの本を"的"を"、"読んだことが"的"が"。如果省略，会被当成小孩说的不完整的话。我家祖祖辈辈都出生在东京，所以可以保证确有此事，关于这点，我不得不说现代所谓的摩登男孩和摩登女孩所用的语言，粗俗的情况并不输给工人。而且用这种语言，与其说是纯东京人，似乎不如说想模仿都会人的乡下出来的青年居多，总之我觉得那说法不但不漂亮，还显得非常土气。

　　以写实为贵的小说家描写青年男女对话的实际情景时，不能评论趣味的高下，不过小说家往往走在现实生活前面，所以小说中的会话会成为模仿对象，那种说法反而成为世间的流行，这种事情常会发生。那么，想到这些影响，我就觉得小说家在写会话的时候，也不妨抱持"隔着一层薄纸"的心态。

三　不疏忽敬语尊称

关于敬语，已经在本节的序论中大体申述过了，不过那为什么和日语的功用有密不可分的关系，理由还有说漏的地方，因此在这里补充说明。

首先请各位试读《源氏物语·空蝉卷》开头的文句。

> 辗转反侧夜不成眠，说道自己从来没有如此被憎恨过，今夜初次尝到人生忧烦苦楚，羞愧得真不想活了，听了不禁低头落泪。倒叫人觉得十分可怜。

> ねられ給はねままに、われはかく人に憎まれてもならはぬを、こよひなんはじめて世を憂しとおもひしりぬれば、はづかしうて、ながらふまじくこそ思ひなりぬれなどのたまへば、涙をさへこぼして伏したり。いとらうたしとおぼす。

《源氏物语》的作者，像这样从一卷的开头就省略主格的情况很多，这里从"辗转反侧夜不成眠"到"听了不禁低头落泪"是一个句子，"觉得十分可怜"又是另一个句子。前面的句子中隐藏着两个主格。也就是"辗转反侧夜不成眠，说……不想活了"的是源氏之君，"听了不禁低头落泪"的是从者小君。接下来的"觉得十分可怜"又再变回源氏。但怎么知道区别在哪里呢？在什么地方能辨别出一个是源氏的动作，一个是从者的动作呢？从敬语的动词和助动词的用法就可以知道。正如您所看到的，源氏这边说"夜不成眠""说道""觉得"，用的是敬语。从者则只说"低头"①。

还有，前面所提到的赖山阳的书简，两封都完全没有用到"足下"和"小生"这样的第一人称乃至第二人称代词，然而却能明白区别于他，是因为在提到对方的时候，用到像"され""なされ""下され""持ちなりくたされ" 这样的敬语，在提到自己的时候则简单地说"候"，或更客气的"申候""拜借"这种谦辞。此外，从前的候文中把自己的事说成"罷^{まかり}在"，对方的事用"被爲在""御入""御出遊""御座"等被动敬语，或加"御"。像这样，除了在他人的动作后加上怀有尊敬意思的动词助动词之外，自己的动作也加上含有谦卑意思的动词助动词，猛一看好像是非常麻烦的差别，但请不要忘记其实有可以省略不重要用语的方便，延伸出去在文章的结构上具有非常宝贵的价值。因为，动词和助动词用敬语时，句子可以省略主格，不，就当为了省略主格而用敬语，也再恰当不过了，从礼仪上来说，口头上也不应该轻率提到尊贵者的名字和代名词。以下例子有失礼之嫌，不过像"行幸""行啓"之类

---

① 日语的敬语译成中文时难以保留，有时需要加上主语以免混淆。译者在此处引用林文月女士译本，供读者参考。林文月女士的翻译分别加入原文中所没有的主语，并稍加说明以方便读者了解，译文如下：

　　光源氏辗转反侧不成眠，幽幽地说："我从来没有被人这样憎恨过，今晚算是生平头一遭尝到人生的悲辛。真教我羞愧得不想活下去了。"睡在他身旁的少年听见他的话，甚至同情地涮下眼泪来。源氏见他如此纯真，心中十分疼爱。

的用语，可以想成原本就是因为口头上若提到主格所指的人名唯恐有失体统而开始用的。在这里，动词助动词使用敬语时可以省略主格，由于不会产生混乱，可以往下书写结构复杂的长句子。

据说拉丁语虽然没有主格，却可以从动词变化分辨，这样想起来，日语中动词助动词敬语也有几分这样的作用，并不只是发挥补足礼仪的效用。关于这点，前面"调子"项的"流丽调"中，我把《源氏物语·须磨卷》的一节翻译成两种现代文，现在试着对照一下，就会更明白这点了。此外，刚才提到的《空蝉卷》的一节、山阳的书简等，这些文章的妙味和敬语的使用也有密切关系，舍弃敬语便无法成立了。换句话说，动词助动词敬语是组成美丽日文的要素之一。

今天因为阶级制度逐渐废除，琐碎敬语渐渐不实用了，但即使衣冠束带变成素袄大纹①，素袄大纹变成上衣裤子，上衣裤子变成家徽裙裤或长大衣，礼仪仍在被遵循，而敬语也没有完全被废除。而且，想到敬语深深根植于我们的国民性和国语功能中，将来也不太可能废除，现在我们的日常用语中，也用着类似从前候文中的动词助动词。例如"云う"，在尊敬的时候说"おっしゃる""おっしゃいます"，谦卑时说"申す""申します"。此外，"知道"（知る），也以"御存知です""存じます"来分别使用，"做"（する），也有"您做"（なさる）、

---

① 素袄为武士便服，江户时代成为礼服。大纹是染有大型家徽的衣服。

"我做"（致します），"給"（与える），则分别说成"我给您"（差上げる）、"您给我"（下さる）。此外像"使"（せられる）、"有"（おられる）、"在"（いらっしゃる）、"游玩"（遊ばす）、"为我做"（して頂く）、"让我做"（させて頂く）、"请做"（して下さる）、"请让我做"（させて下さる）等说法平常也很普遍，这些在如今的书面语上难道没有应用余地吗？实际上这些动词、助动词敬语，对日语文章结构上所拥有的缺点和短处，正是弥补的利器。舍弃这利器不用，以致无法发挥日语所拥有的长处和强项，实在可惜。

为了避免重复，我现在只针对动词和助动词加以说明，当然所有尊称、所有词类中的敬语，也几乎可以说具有同样作用，例如只要在脸"颜"前面加一个尊敬的"御"字成为"御颜"，有时就可以省略"您"或"您的"。像这样，敬语是非常宝贵的语言，现代口语中也常使用，但为什么我们却不太在文章中使用呢？因为叙述上不宜掺杂个人感情因素。也就是和一对一的对话不同，文章是在对公众说话，甚至是会留到后世的，就算在写自己尊敬的人的事情，也应该采取像科学家一般冷静的态度，我们有这样的信念。原来如此，这样的态度也没有错，不过依所写文章种类的不同，有些不妨加入一点亲近或敬慕的感情，儿女在记述父母或伯父母的事迹、师长的事迹时，妻子在写丈夫，属下在谈上司时，或以这种体裁书写私小说时，自然可以用，这本书中也使用了对各位某种程度的敬语。顺便一提，趁这机会我要大声疾呼的是，至少女士是否可以带着这种心意来写。所谓男女平等，并不是把女人变成男人的意思，而且日语中也具备区别作者男女性别的方法，希望女人写的东西有女人的温柔，如果要写"父亲说""母亲说"男人只要写成"父が云った""母が云った"就可以，女人写的话最好写成"お父様がおっしゃいました""お母様がおっしゃいました"听起来比较寻常顺耳。这样说来，女孩子还是不要用讲义体的文体比较好。讲义体不适合多用敬语，用这种文体写，语言总会显得强硬，不妨从其他三种文体，兵语体、口上体、会话体中选一种来用。私信、日记不用说，其他实用文、感想文，甚至某种论文和创作等，都不妨采用女性化的写法，不知意下如何？过去的《源氏物语》就是一种写实小说，虽然如此，作者在写贵人的事情时，行文中也用敬语，未必保持科学者的冷静，因此艺术价值也不致稍减，还是表现出女性之手所完成作品的优雅气氛。不过，那是否也依照当时"口头说话的文体"所写，还有待考证。

含 蓄

　　所谓含蓄，相当于前段"品格"项中所说到的"慎戒饶舌"。换句话说，"不要说得太清楚"和"意思的衔接要留间隙"，就成为含蓄了。不过同一件事情为什么要另立名目再说呢？前一段是从礼仪的观点来看，这里则纯从效果来论，重复述说，也因为这是非常重要的要素，这本读本也可以说从开始到结束，几乎只在说含蓄这一件事情。

　　那么，首先我想举一个例子，几年前，有一次我和研究日本文学的两三位俄国人聚餐。当时席上谈到，最近俄国有一位正在翻译我的《正因为爱》（「愛すればこそ」）这部戏剧，首先就为标题的译法烦恼，到底是谁在爱？是"我正因为爱"，还是"她正因为爱"，或指"世间一般人"？也就是说，主语是谁并不明白。于是我回答"正因为爱"的主语，从戏剧的故事来说可能以"我"为主语是正确的，所以法国翻译版本加上"我"字，但老实说，限定了"我"之后意思就有点变狭窄了，虽然是"我"，但同时也可以是"她"，是"世间一般人"，是其他任何人都可以，为了赋予这样的宽度和抽象感，刻意在这句中不放主语，这是日文的特长，要说暧昧固然暧昧，在具体的另一面含有一般性。虽然所说的话是关于某特定事物的，却拥有格言或谚语般的宽广度、重量感和深度，这么说来俄语版的翻译最好不加主语。

日文这方面的特征，在汉文中也可以看到，以汉诗为例，就更能清楚地了解这点。

> 床前明月光，疑是地上霜。
> 举头望山月，低头思故乡。

这是李白题为《静夜思》的五言绝句，这首诗有一种永恒的美。正如您所看到的，诗所描述的事情非常简单，只不过说"月光照在自己的床前，那月光看起来洁白如霜，自己抬头望见山上的月影，低头想起遥远的故乡"，然而就这样，从现在算起的千年以前就有这首《静夜思》，今天我们读起来，仍然不可思议地在脑子里清晰浮现，床前的明月，照在地上像霜那样白，山上的天空高挂着一轮明月，月影下有一个人正垂头思念故乡。情绪也被勾起，仿佛自己也正浴着那青白色的月光，沉浸在乡愁的感叹中，被引入和李白同样的心境。那么，这首诗为什么生命如此悠长，能拥有打动任何时代千千万万人心的魅力呢？虽然有各种原因，不过其中一点是没有放进主语，另外一点是没有清楚显示时态，这两点有很大的关系。

这如果是西洋诗,看到"床前明月光"的人是作者自己,因此当然会放上"我"这个代词。而且,"床""头"和"故乡"前面,也会加上"我的"这样的说明。其次"望""疑""思"等动词,恐怕也会采取过去式的形式。于是这首诗就会限定在某一天晚上某一个人看到的东西、感觉到的事情,终究没办法拥有这样的魅力。虽然这是韵文,但即使是散文,在东洋的古典文中这种写法也很多,相信各位通过几则引用文已经可以知道。就以那篇《雨月物语》开头的部分来看,从"过了逢坂的关口之后"到"一路来到赞岐之真尾坂之林,且植杖留于此地"为止,东从象泻的渔夫之茅舍,西经须磨明石,一路写到四国的途中,然而并没有记载是谁在作这漫长旅行。此外,虽然说明是"仁安三年之秋",但动词是现在式,也就是不定式,并没有采取过去式。因此让读的人感觉好像跟着主角西行法师一起历经名胜古迹,去拜访和歌中常提到的胜景一般。这种手法,在现代口语文中也有应用的余地,省略主格、所有格、宾格的名词、代词会比较好,这种情况很多。尤其在私小说中,继续读下去自然就会知道"我"是主角,没必要用那么多"我"。其他小说文章加上这种手法,一般可以产生魅力,现在的作家中里见弴就常常用到这种手法,因此不妨试着找出他的作品集来查看。相信一定可以发现不少用《雨月物语》或《源氏物语》那种开头方式写的作品。

其次,刚才所提到的李白的诗还有一点值得注意,诗中对明月和对远方故乡憧憬的心情,虽然充满一种哀愁,但作者只说"思故乡"，并没有提到任何类似"寂寞""怀念""悲伤"等字眼。像这样不把某种感情直接说出来的表现，已经成为从前诗人和文人的嗜好，并不限于李白，尤其像这首诗，文字表面什么也没说的地方，才真有沉痛的味道，如果多少用了一点哀伤的言语，一定会变肤浅。此外，以演员的演技为例也可以明白，真正技艺高超的演员，要表现喜怒哀乐的感情，不会做出夸张的动作和表情。他们在显示精神上巨大痛苦或激烈的内心动摇时，反而会把技艺往内收敛，只表现七八分就止住。因为这样在舞台上的效果比较好，对观众的感染力比较强，所谓名角都知道这诀窍，越差劲的生手才会越挤眉弄眼，张牙舞爪，大声叫喊，演得吵闹喧腾。

那么，从这观点来看现代年轻人的文章，深感各方面都说得过多、写得过多、过分饶舌，尤其招眼的是不必要的形容词和副词太多。我现在拿起放在座右的某妇人杂志，试着查看一下投稿者的告白和真实故事的写法，真为那些语言的过度滥用感到惊讶，试举其中一个恶文实例，指出那多余的地方，请看一看。

　　任何事都<u>忍了又忍</u>一面和病痛苦斗一面<u>好好忍耐</u><u>过来</u>的母亲，也终于到了不得不回娘家的日子了。从学校回来，知道母亲不在家，我<u>黑暗黑暗</u>的心情便<u>低沉下去</u>。虽然父亲说"母亲回娘家去很快就会回来"，但我却有<u>很讨厌很讨厌</u>的预感。母亲不在，像<u>海底般</u>

黑暗的家中，我们兄妹的冰冷生活<u>从此无止境地</u>
<u>继续</u>。

　　以上文中，请注意看画线的部分。首先"忍"这个用语之
上加了"任何事"，成为"任何事都忍"。既然已经说过"任何
事都忍"，知道不是普通的忍了，还说"任何事都忍了又忍"，
这"忍"字又再重复一次。但请仔细想想看，这种情况的
"忍"字的重复到底有没有加强效果？事实上正相反，重复不
但没有帮助，反而减弱文意。而且接下来还有"和病痛苦斗"
的句子，虽然用语不同，但还是忍耐的一种，属于"任何事都
忍"的其中之一。光这样已经说得过多了，还加上"好好忍耐
过来"，效果就更弱了，正好陷入和差劲演员吵吵闹闹的夸张
演出一样的结果。同样，"黑暗黑暗的心情""很讨厌很讨厌的
预感"等，也只要"黑暗的心情""讨厌的预感"就够了。像
这样同样的形容词重复两次，以口头说的时候具有重点加强的
作用，或许可以提高效果，但写成文字，大多时候，重复只会
使感动淡化。同样，"黑暗的心情便低沉下去"的"低沉下
去"，说话也不利落。应该直接说"心情很低落"。其次在形容
词"黑暗的"前面加上副词"海底般"，在动词"继续"前面
加副词"从此无止境地"，我所谓"多余的形容词和副词"就
是指这样的地方，加上"海底般"，母亲回娘家之后家里的黑
暗感，并没有真正贴切地表现出来。比喻这东西，除非真的很
吻合，运用这比喻后可以使情景更清楚，产生联想的时候才该

用，如果想不起适当比喻，或没有必要特地用来说明，不如不用。然而这种情况下的黑暗，大多读者都可以想象到，并不是非要用比喻才能说清楚的黑暗。而且就算比喻，用"海底般"一点都不贴切，用这种夸张比喻之后，真实的事情听起来都显得虚假。此外，有"继续"这个词，就不需要"从此"了，况且"无止境地"这说法也过分夸张。那么，把这些多余之处削除的话，会像以下这样。

一面和病痛搏斗一面凡事忍耐过来的母亲，不得不回娘家的日子终于来临。从学校回来，知道母亲不在家的我心情黯淡。虽然父亲说"母亲回娘家不久就会回来"，但我却有不祥的预感。在母亲不在的黑暗家中，我们兄妹继续过着冰冷的生活。

这并不是什么特别的名文，只是普通的实用文。但现代的年轻人却不写这样普通的实用文，而想写像前面所举的那种恶文，以为这样值得感慨的事情，以如此扭曲、不坦然的写法来描述才是艺术，但所谓艺术绝对不是这样的东西，实用的东西就是艺术的东西，我在第六页已经说过。因此，并不是实用文就不能令人感动，小说的叙述与其用前面那样冗长的写法，不如用后面这种收敛的写法。不，如果是我在自己的小说中描述这种情况，会写得更收敛。

和病痛搏斗，凡事忍耐过来的母亲，回娘家的日子终于来临。我有一天从学校回来，知道母亲不在了，心情很黯淡。虽然父亲说"母亲回娘家，不久就会回来"，却有不祥的预感。从此在母亲不在的家中，我们兄妹继续过着冰冷的生活。

最初的文章字数是一百五十三字，第二次的文章是一百二十六字，第三次的文章是一百二十字，[①] 比第一次减少了三十三字，但哪一种给人印象更深呢，请读一读比较一下。不过后面的第二次和第三次只有很小的差别，整体虽然缩短了，但新加了文字和逗点，也改变了部分用语顺序和说法。需要像这样下细微的功夫，即所谓技巧，但施加技巧并没有偏离实用，从这里可以明白看出。

只是，教别人容易，自己要实行却很难，所谓惜字如金，在自己试着写文章的时候，会发现并不是那么简单的事情。即使以写文章为专业的人，也会稍一不慎就陷入过度书写的弊病，我近年来也常常提醒自己不要忘记，每次改文章都会缩短，却绝少加长。可见多余的情况颇多，即使在发表的当时感觉用语已经很节约了，经过一年后试着重读，还是会看到多余的地方。以下所举的例子是我三年前所作《刈芦》的一节，画线的部分就是今日看来觉得"没有也可以"的字句。

---

① 译为中文分别是一百二十六字、九十六字、九十二字。

我伫立在暮色逐渐加深的堤岸上，眼光终于移向河下游的方向。并想象天皇和高官贵人们一起进餐的钓鱼殿在什么方位。往右方岸边眺望时，那一带森林密布一片苍郁，一直连续到神社后方，因此可以明白指出有森林的广阔面积整体都是离宫的遗迹。（中略）而且和缺乏情趣的隅田川不同，男山的翠峦朝夕掩映，其间船只上下穿梭来往的大淀风物是如何安慰皇上的龙心，增添筵席间的雅兴啊。后年败于幕府追讨之谋，被流放隐岐岛上度过十九年空虚岁月，听涛声风吟的日子，龙影隐藏的时代，胸中最常徘徊的难道不是这附近的山容水色和在御殿的无数华丽游宴吗？追怀当时的往事我的种种空想如幻似画历历浮现眼前，管弦余韵，淙淙泉水，终于连月卿云客开怀的欢声笑语都纷纷传进耳底。而不知不觉间周遭的黄昏暮色更加深浓了，不禁取出手表一看已经是六时。白昼步行时温暖得甚至还会汗湿，但日落之后果然已经像入秋黄昏的寒风渗入肌肤。我突然感到饥饿，在等月出的时间里，有必要想想要到什么地方去吃晚饭，不久就从堤岸上走回街道的方向。

这些用词之中，很多只是为了语言连续的顺畅才添加的，因此间隙被过分填满，显得壅塞，如果要文章稀薄一点，可以去掉这些，带出和缓的调子也是当然的。

此外，关于含蓄，这里写漏的点，只要把读本的所有项目再熟读玩味，就算没有写得很细，自己也可以体会。

　　以上，我在文章之道上，只把整体上极为基本的事项逐一说明，至于细枝末节的技巧未能一一提到，是因为相信说了也无益，只要各位不疏于磨练自己的感觉，不教也能逐渐体会，这是我所期盼的。

译后记

　　每次读谷崎润一郎的小说，总要赞叹他文章的精彩和感觉的敏锐。这本《文章读本》却让我们看到他以文学大师的眼光，如何鉴赏其他名家的文章，并解析这些好文章好在哪里。

　　他举李白的诗为例：

　　"床前明月光，疑是地上霜。举头望明月（谷崎引用的诗中是'山月'），低头思故乡。"

　　这首《静夜思》相信大家都读过，但好在哪里却很少有人去仔细思考。谷崎举出因为没有放入主语，又不像西方语言那样有时态的限制，从而使读者更容易感同身受，才能成为影响深远的不朽名文。有些典故也提到《史记》《大学》《庄子》和诗人白居易的故事，中国人读来别有一份亲切感。

　　例如他举《大学》"诗云。缗蛮黄鸟止于丘隅。子曰于止知其所止。可以人而不如鸟乎"的例子，说明"字面的美和音调的美"，不仅帮助读者记忆，其实也帮助读者理解。他主张从小背诵诗词是最好的文章学习方法。

175

对于文章的六大要素"用语""调子""文体""体裁""品格""含蓄",分别详细说明。除了提到《源氏物语》《太平记》《更科日记》等古典名著,更提到森鸥外、志贺直哉、井原西鹤、赖山阳等名家的名文,说明名文之所以为名文的理由。

他把日本文人分为"汉文派"和"和文派"两大主流,说他自己从小学习汉文,到晚年逐渐发现自己体质更适合和文。尤其晚年将《源氏物语》翻译成现代口语,更加喜爱日本古典文章的婉约含蓄和谦恭有礼。

虽然本书原是为日本读者写的,举的例子也大多是日文,对于没有学过日文的人可能有些不方便,但即使略过日文部分不读,仍然有许多可供参考的地方。

名文例文部分将原文列出,以便中日文对照阅读。有两段甚至提到英文翻译的例子(《美国悲剧》与《源氏物语》),可以对照中、英、日三种语言的不同特点,相当有趣,没有学过日文的人也可以略过。

中文和日文虽然文法结构上有许多不同的地方,但其实拥有非常近似的东方精神。何况好文章正因为能超越不同语言,同样感动人心,所以各种语言之间的互相翻译盛行,未来的时代翻译应该会更加盛行。

希望有更多读者和我一样享受到阅读本书的乐趣,并从中得到一些启示。

谷崎潤一郎
文章読本

图书在版编目（CIP）数据

文章读本 /（日）谷崎润一郎著；赖明珠译. —上
海：上海译文出版社，2020.10
　（谷崎润一郎作品系列）
　ISBN 978 - 7 - 5327 - 8527 - 8

　Ⅰ. ①文… 　Ⅱ. ①谷… ②赖… 　Ⅲ. ①文学创作
Ⅳ. ①I04

　中国版本图书馆 CIP 数据核字（2020）第 167014 号

文章读本	[日] 谷崎润一郎　著	出版统筹　赵武平
		责任编辑　邹　滢
文章読本	赖明珠　译	装帧设计　尚燕平

上海译文出版社有限公司出版、发行
网址：www. yiwen. com. cn
200001　上海市福建中路 193 号
上海信老印刷厂印刷

开本 890×1240　1/32　印张 5.75　插页 2　字数 83,000
2020 年 12 月第 1 版　2020 年 12 月第 1 次印刷

ISBN 978 - 7 - 5327 - 8527 - 8/I · 5248
定价：35.00 元